沐鸡记

扶风 著

中国出版集团 现代出版社

图书在版编目（*CIP*）数据

流觞记 / 扶风著. -- 北京 ： 现代出版社，2018.1（2024.1重印）

ISBN 978-7-5143-6803-1

Ⅰ．①流… Ⅱ．①扶… Ⅲ．①散文集－中国－当代

Ⅳ．①I267

中国版本图书馆CIP数据核字(2018)第007288号

流觞记

作　者	扶　风	
责任编辑	杨学庆	
出版发行	现代出版社	
地　址	北京市安定门外安华里504号	
邮政编码	100011	
电　话	010-64267325　　010-64245264（兼传真）	
网　址	www.1980xd.com	
电子邮箱	xiandai@vip.sina.com	
印　刷	成都巨林印务有限公司	
开　本	880mm×1230mm　　1/32	
印　张	8	
字　数	197千	
版　次	2018年1月第1版　　2024年1月第3次印刷	
书　号	ISBN 978-7-5143-6803-1	
定　价	45.80元	

抟扶摇而上者九万里（序）

——扶风散文集《流觞记》

杨景龙

坦率地说，和扶风相识，成为好朋友好弟兄，并不是从他的"诗文"开始的。缘于职业，平日交接的朋友们，多是先读过他们的作品，留下深浅不等的印象，然后由诗及人，由文及人，大家彼此逐渐熟悉起来的。扶风是个例外。多年前的一次小聚场合，一个慢声低语的年轻人，看上去似有几分文弱，自始至终，都没有说起自己有哪首得意的诗哪篇得意的文章，甚至也没有说到过别人的诗文，对，应该是压根就没有说到诗文，就没有多说几句话。这和一般的情况不大一样。爱好写作的人聚在一起，大都喜欢谈论自己的东西，唯恐为朋辈所不知，自己的文章嘛，原本也算是人之常情。这个不多说话的年轻人，超出"一般情况"之外，但并不矜持或高冷，只颜色怡悦地与大家聚拢一起，气氛融洽和易。听朋友介绍说"这是扶风"，大脑就闪现出庄子《逍遥游》"抟扶摇而上者九万里"的字句，暗自惊讶这个文弱的年轻人，有这么一个大气不俗的名字，真如黄山谷说的"平淡而山高水深"啊。从此，我便记住了这个名字，当然也记住了这个名字叫"扶风"的年轻人，日居月诸，大家自然是越来越熟悉了。

后来才知道，扶风业余喜写散文，偶亦为诗，诗也写得相当舒展漂亮。前面之所以在"诗文"二字上加引号，除了表明扶风诗文双修这一层意思，更为重要的就是想突出强调扶风散文特具的诗性。扶风散文有诗的意象，有诗的联想想象，有诗的断接与跳跃，颇具解读弹性与张力，与这些年寻常所见的那等家长里短、谷子芝麻、油盐酱醋、鸡毛蒜皮之类的过于质实、过于形而下的所谓散文，大不相同。"诗文"者，诗性散文之谓也。散文而有诗性，正是散文本质的回归。君不见老子的《道德经》八十一章用韵同于楚辞，被称为"哲学诗"；《论语》二十篇，钱穆先生说读来"亦如一首散文诗"；《庄子》的著者庄周，有"诗人哲学家"之美誉；司马迁的《史记》，更被鲁迅先生推许为"无韵之《离骚》"。可知但凡真正上好的散文，源头性质的散文，其本质属性都是结穴于"诗"的。

扶风的名字既出自《庄子》寓言，"名者，实之宾也"，我们便可稍稍收拢话题，从名字这个"宾"，去找寻名字后面或名字里面隐藏的"主"——这就是扶风散文所接受的主要来自庄子散文的影响。名典出于《庄子》的扶风，焉有不精研《庄子》散文之理，焉能不仰承《庄子》散文的雨露沾溉。我一直认为，就中国散文史而言，有两座不可逾越的高峰，那便是庄周及其后学的《庄子》和太史公司马迁的《史记》，后世包括唐宋八大家在内的所有散文家，在总体成就上都无法望《庄子》和《史记》之项背。扶风散文从《庄子》入手，可谓"从最上乘，具正法眼，悟第一义"，蓬山顶上，直探本源。所以你看他的笔下，几乎每一篇散文都"深于取象"，像《留园》《郎舍杏如梅》《春秋词》《流苏坠子》《油纸伞》《残荷》《空竹》《鹤影》《梅雪》《国色》《崆峒》《殷墟问鼎》《妇好钺》，乃至《相州八记》《红楼十记》两组系列散文，皆是缘象生意，添枝加叶，绽花缀果，生发跳转，结撰成篇。这正是章学诚《文史通义》指出过的，包括《庄子》在内的先秦诸子散文的一大特点。"深于取象"必妙用比兴，比兴乃"《诗》之用"，先秦诸子散文与诗歌，正是处在一体不分的水乳交融状态。诗性散文的代表就是《庄子》，择取精妙的中心意象，围绕中心意象络绎联翩的意象群落，其功用大致等同于《诗》之比兴手法，取譬设喻，隐指暗示，寄托象征，旁敲侧击，余味曲包，义理微湛，情韵悠长，行文用笔因此有"虚活"之风致，无胶柱之呆相。也就是刘熙载《艺概·文概》所说的"文之神妙，莫过于能飞。庄子之言鹏曰'怒而飞'，今观其文，无端而来，无端而去，殆得'飞'之机者"。这里的"飞"，形容的就是庄周散文凌空蹈虚、汗漫恣肆的诗性想象和断接跳跃。以之反观扶风散文，确实能看出其间师法承传的一些脉络和痕迹。

论者曾指出《庄子》一书极富创意的文体，兼容了诸如诗歌、寓言、神话、童话、故事、小品、小说甚至戏剧等诸种文类因素。我们看扶风的散文，好像也能得其仿佛。扶风散文的诗体属性已如前所谈，不再讨论。他散文中明显可以看出的借用杂糅其他文体的成分，亦所在多有。比如《踏春记》，类似一部有一定规模的多场次剧本；将季节与人叠印合写的《花旦的春天》，亦如一出写意的心理戏剧。他的散文语言、故事、人物，也与笔记体小说多少有些瓜葛，全书的编排分若干回，则直是宋元以来讲史、言情、神魔等通俗小说家的做派。戏剧和小说因素的添加，使扶风散文多了几许脂粉烟花气息和市井众生样态，当然这在扶风，是以类似旧年的世家子弟的情调趣味，从容优雅地欣赏和把玩眼前这一切的。这种调性几乎贯穿、渗透于扶风散文的字里行间，为他的文字平添了不少诱人惑人的魅力。《大红袍》等篇，则是晚明清言小品的格调，用语构句接近于散文诗了。扶风散

沙鹭记

文讲述的一些内容，不管是历史的还是现实的，近处的还是远方的，身边的还是异域的，世相的还是心相的，恐怕也都不大能当真对待，你权当寓言和传说去赏读就可以了。这种跨文体写作，显示了扶风娴熟驾驭、自如运用各种文类、各种笔法的水准和能力，收到了"咸酸杂众好，中有至味永"的表现效果。

扶风身上确实有一种澄澈、绵柔、虚静的道家气息，智商情商双高，他的为人和为文，都透出以道家哲学和美学为底里的柔性和灵光。众所周知，从道家派生出的道教，是不排斥世俗嗜欲的。有道家气的扶风文字的深处，也常有嗜欲的云气氤氲，这说明他并没有因为道家风度而不食人间烟火。嗜欲其实不是别的东西，它就是基本人性，是人和生活可爱可亲的地方，正不必刻意讳言掩饰的。但是这里面有着潜藏的危险性。一个人设若嗜欲过深而又过于聪明，把生存的底蕴看得太透彻太明白，则容易遁入游世和玩世的泥淖，凡事无可无不可，人生不过如此，一切也都无所谓了。一个写作者若到这步田地，最轻地说，文笔的滑易和不纯恐怕就是不可避免的。灵心善感、敏慧过人的扶风，是否应该对此稍加留意，始终保有一份适度的警惕呢？

我们从扶风的名字出典，谈及他的散文和《庄子》散文的若干联系，这当然不等于说，扶风散文已经可以和庄子散文相提并论了。事实上，庄子散文境界的奇幻壮丽、幽邃怅怆，庄子散文"独与天地精神相往来"的超轶夐绝，庄子散文呈现出的那种"不言"的"天地之大美"，那种"风行水上，自然成文"的真正"自然"之美，还有庄子其人的"眼极冷，心极热"的貌似超脱旷达的淑世济人的大悲悯、大关怀，恐怕都是扶风今后在人文修为方面，需要格外加力之处，也是我们深怀期待之所在。

既以扶风散文比附《庄子》散文，不消说，那些"移步换形""形散神不散"之类的箴规戒律，相形之下，便显得多少有些幼稚，可以免谈了。扶风的散文，早就超越了那些基本功训练的层面，已然进至成熟老到之境。在此还需说明的是，我们这样谈论扶风散文，也只是选取一个切入角度，提示了一种可能性，扶风散文其实是有多种可以谈论的角度与可能性的。有《流觞记》这么好成色的文本在手，毋庸我再辞费了，各种角度与可能性正在等待读者诸君的加入呢。

欲知扶风散文如何好法，且看《流觞记》八回五十篇的分解便是。

2017年8月写于洹上扬子居

振風兄：

遵囑。已收書名 和字樣書

字寫上。未必如人意。能態處沒

問題。諸正院。大作僅緊謨遲為

筆，文思均甚逸之感。鈞敖。

丁丑夏 姗筆於 㑯号

沐鸽記

流觞記

第一回

望春·惊梦

花旦的春天

立春一场雪，旦角就有粉底了。春最懂后台的好处，粉底前一坐，对镜贴花，春意就滋生得盎然。春天来得不早不晚又隐隐约约，有时也突然会在依然倒春寒的墙角看见一点红瓣，像第一次相亲姑娘腮边的颜色。

旦角化妆，腮边不由自主先染上的那一点红，忽然想到春天里的某些情节。就在镜子前醉成花，谁看见了就扑谁一脸气息。喜欢看花旦上妆的神情，山河妙曼，万种风情，百般生动，春色满园。试想，如果春天的舞台上没有花旦，春天就是一座没有人居住的精致别墅。

春天要来的时候，大地上看不到绿色在眼前，只能模糊地感觉到远处在泛青，厚重的大地呵气如兰，微泛的青似姑娘脸上的茸毛，细密又看而不见。这时候的春天还没有展开妩媚，她悄悄端坐在我们身后，悠悠地把脂粉拿来，把画笔拿来，头饰拿来，插花拿来，粉面，红唇，蛾眉，凤眼，云鬓。

每个动作都轻手轻脚，悄无声息。

花旦的脸是抽象到极致的。先拍打上嫩肉色的底，消去鼻凹鬓角的黑斑，春天也是这样，再偏僻的地方，一朵野花就让偏僻出落得婷婷婉约。两腮是最浓重的地方，大片的玫瑰花盛开在缓缓的坡上，渐浓渐淡，浓得可以滴下，淡得可以无痕。桃花是春天的左腮，牡丹是春天的右腮，梨花还没开，躲在青丝的一侧。花旦偏着脸朝镜子里看，眼圈还未描，柳叶没贴眉，自个儿就笑了。

看这解冻的清河水，看这杂乱的各色花，清河水搅得意乱心烦，各色花诱得情窦欲开，春天是一个多么美丽的错误，就像花旦的脸，勾去台下的魂魄。

这无良的人儿，姹紫嫣红开遍，终付断井颓垣，良辰美景奈何天，赏心乐事谁家院。看遍台上纷纷双飞燕，有几双台下卿卿我我到老年，不是恨夏暑，便是恨冬寒，得了一春花，收了一秋实，到头来春妆卸罢，形影各远。

你只是喜欢春天刻骨铭心的爱情，声势浩大的绿色，明媚华丽的花朵。那些优美动人的描写，只是舞台上才有的风景，如同缠绵于山林水泽的微风，稀有而缺乏质感。我的春天一年一年反复，你可知道我如何精心注重这反复中的悲痛，你可看到在我的春天背后，我的背影里，暗暗如泣的抖动。

把你的眉描上吧，把你的眼角涂上。黛色青山，一池荷塘，全在这一湾一泓。纵然年年春天都是苦等，而年年苦等依然有春天，你可知道，你有多么贞洁，你绽放的所有气息，是每一次生命轮回的崭新欲望，它催发新的枯枝摒弃所有的灾难，忘记曾经的委屈。因为你知道，有多少人在等着你，等着春天。

花旦把眉描上，眼角涂上，她脸上一幅国色天香。

柳枝条细长的啊，兰花指一样柔。一束一束，别几个花样，贴在额头。柳是春天的重要饰物，柳绿花红，地位还要在花的前面。山上梳个髻，花上梳个五梅，枝头梳个凤看云，背阴处梳个偏月。春雨来了，花旦想，像嫁时的娘流泪。

沙筋记

春天把什么都准备好了，花旦掀开后台的帘。

而你分明隐约听到长长的含着疼的拖音：咿——呀——

留 园

榴园很小，进门便能望见尽头，还不及以前富户的后花园宽阔。可又小得令人生怜，娇娇弱弱，不禁风吹一样，风稍大就能吹走它。

不知道是谁在闹中取静的地方，设了这样一个去处，从旁边过，不注意就忽略过去。偶尔踱入，恰好碰上尖风薄雪的日子，倒有独自僻静的达观，而不觉其小了。

冬的时候，就在榴园里徘徊。想象榴花开放的月份，多么艳丽。榴园里全是树树的榴，没有杂树，没有杂花，有杂石，有杂草。荷塘更小，更小的荷塘还分成更更小的微塘，中间沟渠相连。沟渠中间设个桥，桥长总共三两步，只可容下一男一女在桥上看风景。有意思的是，还设着一个闸门，算是比较现代化的设施，不认真看，还看不出来奥妙。沟渠三尺宽，两旁满是奇形怪状的乳白石，在还没有假山高的假山脚下，竟然不知流向何处去了。

微小的榴园，高处两个亭，一个稍大，一个稍小。稍大的可以站定赏花树，稍小的可以躲在里面说闲话。偷偷设计这样精致却又专一的园子，画图的人必定喜爱榴花，人还须雅致，心还须专注，情怀还须静远，但他又必定在俗世生活里安然，因为这榴园的树，是挂果的，不像外面行道上的榴树，花开得繁密，繁花落尽，什么也没有了。

沐馨记

喜欢在这个小园子里踱步静坐，可以当作在苏州。

榴花开了的时候，一次一次地来。前些天，夜里狂风和雨，第二天花落一地。第三天再来，枝头还是如前天。买一个物件，物件没有相中，偏偏相中了物件的包装，一个黑兰色的布袋，一掌长，半掌宽，口扎细绳，做香囊合适。可用它偷满满一囊花，做几页月季笺，红里含紫，墨色涂诗。

一只手衔着香囊，一只手寻上红的榴花。白居易说榴花：可怜颜色好阴凉，叶剪红笺花扑霜。榴花的瓣是艳红，五个指尖正好拿捏得合适，轻轻一动，就落到掌心里，显得极为心甘情愿。

背后突然有人轻咳一声，一回头，一个干净的老头，面带微笑看我。采这些做什么用啊。脸一红，男人采花，总是显得暧昧。急中生智地答：采一味中药。干净老头笑着噢了一声，又说：怎么不拾地上的？

说：这一味药，讲究的便是将落未落不染尘。干净老头问：治何病？

这下难住了，一边寻着花，思忖着这花能治何病。一抬头，老头走远了，只留个瘦影。

亭角依坐一对男女，皆低头，听不清语些什么，诗情画意，蹑足潜踪。袋子里有一半了，园里的每棵树，都取了几朵，如果做成了笺，花色就是一园子的，嗅了嗅香囊里的花味，故作浪漫状。

耳边听得那个干净老头，清了清嗓子，吼出一句戏词：一枕黄粱梦醒。

起风了，又要落雨。天色就突然暗成一团。雨大滴地落下来，不急不缓，但落到身上就洇成好大一片。出园便有些仓促，蓦然见对面人家，杨柳分烟，扶上檐牙。

郎舍杏如梅

早春花渐繁盛，人心思乱，望望自家里的颜色，掩饰着春暖花开的内心，淡淡地说，正是看花的好时节么。与谁看花，看什么花，到哪里看花，其实倒不见得多么重要。

年年都看花的开谢，激动是不必有的，但这个季节，能看出些花的这一春趣味，便是有意思的事了。

譬如大先生说的，诗人站在桃花前，竟闻出了桃花香，后来验证，那桃花香是桃花旁女子身上的大宝香。诗人恨不得把花朵吸进肺叶里面的贪婪情状，可爱得令人怜惜，于是许多女孩子爱诗人，大约是热爱被呼吸的享受。至少桃花是喜欢诗人的。

大先生温文尔雅，有顺其自然的性情。小先生寻了一个热闹处，杏花开得那个好啊，还弄出一个杏花节来。人群顺着人群就流往杏花林的深处，一不小心，便能走得失散，这个找不到那个，那个找不到这个，最后都泄了气，在花下一坐，叹春天花如海，人皆如梦中，乱纷纷反不知是为何而来，因何而去了。

"红杏枝头春意闹"。宋诗人体会得好，春宜闹。大先生问小先生：可有不闹的去处。小先生答：此去过城市，再入山林，荒山有野杏，亦有田舍郎。大先生道，可去，可去。小先生又介绍野杏在什么村，野杏为什么野，野得如何如何，把一个温文尔雅的大先生，直欲生发春心，要闹一闹野杏。

郎舍在山坳里，散落的老房，聚成一个小小的自然村。村里村外，散落的老杏，各自开花，各修正果。说"一枝红杏出墙来"，感觉杏是懂得解放的，但真见到出墙的红杏，又有欲与之同放的希望。往墙下一站，那一枝探出来，隐隐带着香甜气息，挪不动步，移不动心思。从巷子里过，不经意就是一树，就是一枝，就是一片，可你就是找不见人，人都到哪里去了。

偶尔见村妇门前闲坐，身旁便是杏花。明白了大先生小先生来看杏花，热情得就像大先生与小先生是慕名来看她家闺女一样，朝村南的山沟里指点方向：那边，那边，那那边，反正，哪边都是了。

村南山沟，沟上梯田，梯田上遍处老杏。此时早春，郎舍气温偏凉，花就开得晚了些。大先生学问高，懂得看花要看欲开未开时，正说到野杏的情怀上。郎舍的杏，此一棵彼一棵，在野外经着风霜，在野外经受着雨露，在郎舍，在这个美好的名字里，传达着开花与结果之间，许多说不出来的秘密。

老杏们很老了，每一棵都能有半个怀抱，又都倔强地朝天上长，四处散开花枝，每一个展开都是自然得不能再自然，自由得不能再自由，甚至可以把枝头伸到梧桐的枝上，伸到荆棘丛中，山石缝里。野杏与家杏的不同，是家杏学会了出墙，野杏学会了出家。

半开的野杏，在郎舍的荒山沟里，半开的红，半开的白。与大先生说宋的词，一半儿的词牌。大先生说，噫，那可是好，最好的时候便是在一半儿的时候。眼前一老大株红，一老大株白，依偎着在坡上，树下乱石草丛。大先生与小先生坐在二树下，守一树半红，守一树半白，再回头望不远处的郎舍，一半儿山，一半儿坡，一半儿人烟稀少，一半儿天空浩渺，一半儿白羊过杏树，一半儿冷清伴飞鸟。

　　大先生与小先生，皆从大城市里来。至郎舍老野杏下，说杏花节。大先生道，此处野杏偷开，如青春偷情，实在令人可以一哭也，今日到得郎舍，便是郎舍杏花的节日吧。小先生哪敢不听大先生的，随声附和。大先生与小先生在二老杏下相谈甚欢，所谈内容与风流有关。而红白老杏，半花入景，好似为郎舍铺了一坡好锦帐。

　　凡高潮必有失落，看花人终将回身。回身又再回头，极远山坡尽头，忽一片大白，绚烂得惊呆了两位先生。绚烂白又似有一圈红晕，此时日渐西落，光线渐渐迷离，愈远观愈觉神秘，问：那可是此刻最开放的一株吗？答：是的，它可是在问：郎，舍得么哥哥。

　　道旁，一老妪休息于树下。问高寿。答：记不清了，时间太长，忘了。又说，糊涂了，所以记不得几岁了。大先生没有想到竟能在郎舍遇到如此志林上仿佛才能有的人物，细细打量，回头说，这个老妪，年轻时候，定是这郎舍第一的美人儿，不信你们仔细看看那眼神，如此老，如此清澈，坚定，柔韧，还自得地在冷清中美着。

　　出郎舍，大先生对小先生说，郎舍老杏如梅。小先生说，从热闹的地方到冷清的地方，环境不同，骨气也会变了。问扶风何感，扶风想了想道，原本是来看杏的，却看了梅，大先生与小先生，两株梅，植到郎舍，竟可以不须辨的。

　　与谁看花，看什么花，到哪里看花，其实倒不见得多么重要。郎舍不过是一个去处，野杏不过是几株植物，至于人物，大先生好像姓杨，小先生好像姓王。再至于扶风，不知其何处人也。

柳梦梅

立春刚过，冷气逼人。过节休假，最享受的是三样，一曰慵，一曰懒，一曰散。以前的地主老财，大户人家，王公贵族，纨绔子弟，山林隐士，村野闲汉，都具备这样的桃花源品质。河边正是元日会，可以赏景，可以赏人，可以悦目，可以饱食。且在这春寒料峭，独自寻些上述人物的趣味。

其实没有绿。只是远远地望去有一团晕，淡到如若想不到，便根本不会有的绿。花市上人潮人海，元日的灯挂得哪儿都是，人都在跟着前面的人走，前人去哪里，好像自家也去哪里。河两岸枯黄的草地上，枯挺的树丫，人少些，气质风度，却异然不同，显出慵懒散来。

斜躺在枯草地上的时候，只觉少带了一本书。阳光晒下来，要是站着，风吹得哆嗦，但躺下，避开了风，只晒得更是慵懒，如果读几行散句，何其美哉。上一个元日，亦是在这个河边，隔了有好几年了。一对恋人，趁着元日，来河边约会，又恐他人碰见了，扯着我作陪。如今他们的女儿都两岁多了。往事不堪回首。

一个男人在河边躺着，望着天空，脚下是流淌着的水，远处是一眼望不到尽头的人们。对岸的柳就出现在画里一样，好像还是微笑的，水袖一样甩一下，收回，又甩一下，又收回。打印下来的青春版《牡丹亭》剧本的封面上，男女主角的眼神，就颇有些像这忽隐忽现的云气绿，凭空让你发呆。勾引得你直欲过将去，直欲折一枝。

诱惑是可以致人于死地的。如果要过将去，就须过桥，而桥上人流，仿佛要压断那桥才罢休。你甚至可以听得到那桥的呻吟：叫我奈何，叫我奈何。这么多人在奈何桥上，竟然一点也不奈何。从桥这头挤，挤到桥那头，急匆匆地往柳林里赶。哪里有什么绿。枯柳枝风里带着峭利的啸音，如冷笑。

自个儿微笑一番，复又躺在河这边，望着河那边。满眼是春，却又是空。人间虚虚实实，草木浓浓淡淡，不到绿的时候，绿只是心里的臆想，映射在目光里的恍惚。于是看到刚才躺的对岸，那几枚蜡黄的颜色时，竟然都不敢相信了。可是游人弃下的花绿遗物吧。元日会就要落日了，还没有买一点果腹的吃食。

太阳一偏，寒气就直逼过来。过了桥，瞅刚才望见的那几朵蜡黄，依然分不清是花非花。此时蜡梅若是开，亦该在败与不败间。于是不前，宁肯相信是刚刚错过的。它就开在我身边，我却直望着对岸。许是它也是直望着对岸那团绿，但它不会像我一样拼命挤过桥去寻，它知道那只是个梦。

空着腹返，一路且喜且怅。家里案上，空空如也。来回寻觅，只寻得几根芹菜，两枚鸡蛋。这哪里像地主老财，大户人家，王公贵族，纨绔子弟过的日子。山林隐士，亦会有些须木耳树蘑，倒像极了村野闲汉。将芹菜择净，切丁，剁碎。将鸡蛋打碎，与芹菜合拌一团，烹之。

一个人能吃多少呢，一个菜足矣。青点点透出绿意，黄灿灿恰似蜡梅。筷子一夹，掉了，又夹，还掉。复以调羹，大快朵颐。起个名字吧。芹若柳，蛋如梅，柳梦梅。可惜柳枝如发，而芹菜粉碎。是相思成灰，柳丝成泥。列为桃花源里一等的私房菜，供元日黄昏，立春解冻。

姐姐的樱花

看许多樱花的图片，最喜爱白色的，白樱如杏。白居易却爱红樱，在自家院子里种一株，闲绕花枝便当游。白氏走在红樱间，红白相间，可以想象他乐呵呵的样子，什么样的烦恼也能去掉了。也有伤感的，踏过樱花第几桥的曼殊，芒衣破履无人识。也有相思的，"樱花落尽阶前月"的李后主。人世上有几种样花，便有几种样情绪，只是从没有见过樱花，只能想象花的情绪，如我的情绪了。

樱花到底是个什么样子呢？姐姐说，下江南去看看。印象里最美的景致，是能够在一丛一团，或者一树的花下读书，花就是解语花了，读得累了些，一抬头，有花千愁解，把书本放下，花自开落，风扶枝头，无念一身轻。这简直是乌托邦的理想，此时自己已然是一时的独裁者了。对姐姐说，带一本书吧。她说带了，《写给未出世的你》。这个书名真好，婴儿一样纯洁，书名就是朵花，诗歌的标题一样。

姐姐去往花下的路上，我在椅子上坐着，突然想起，多年前到过的山野，村庄名字叫作花地，上花地，下花地，两个村庄都已经空无一人了，唯这两个名字像一对儿生死不弃的有情人，互相凝望着过日子。记得当时听到这样的名字就欢喜，虽然到了以后并无心目中的鲜花着锦，或者可以叫作凄然。

　　对姐姐说，你要欢喜着看它们，哪怕它们落了一地，再也回不到枝头上。

　　你要为它们写诗，诗是含着泪的欣喜。其实姐姐去看花，眼里姐姐就是花，去赴她们的花会。姐姐说，你看，樱花道上，一树一树的，白的白格生生，红的如云如霞，轻风浮过，花雨飘然。我说，一树樱花万朵白，可是待君翩翩来，忽而枝头无一物，满地相思轻轻埋。樱花的浪漫，肯定吸引了许多情侣，让花做证。姐姐去的正是时候，树头有，地上有，空中有，心中有。人也不少，各怀花的心思，而花只有一个心思。

　　姐姐也是第一次看到樱花，她也像花一样只有一个心思，说，唐诗宋词里的樱花，也如这漫天花雨，活色生香。我说，却是漫天花雨外，烟波浩渺在眼前，姐姐看花以外，可有许多沉思。我的姐姐事务繁杂，能闲下来赏一次花，真是她的大享受，我亦觉得是我的大享受。何处无花开花落，何处无人来又往，独不如一人来往于花开花落之闲。她闲下来，大约可以作几行诗了，这是我最愿意看到的。

　　对姐姐说，若是你住个酒家，轻推轩窗，一枝樱探进来，惊吓了你，樱也一惊，花瓣颤着落到案几上，于是你莞尔，它们陪着你小口缀茶；稍许，服务员轻敲门问候，你以为那边又探进来一枝。

　　姐姐一笑，说，太美了。

　　在她赏花的日子里，不再去看拍摄得很精美的图片，那是别人眼里的，我想看姐姐的樱花。也不再读唐诗宋词，期待着她的长短句。她说，樱花雨落地了。于是知道，她的诗落到纸上了。

　　樱花在脚下铺满了，令人不忍抬步，又恐清风不识路，乱吹花瓣舞。空中依然飘着的，近如雨远如云，这是待赏花人赞叹的霓裳。岁

涉禽记

岁樱花落在这一条路上，而路上的行人年年的面孔不同。微黄的灯在夜里映在满地雪白的花间，从幽远的那边传来清笛声。人影落在花影上，一个显得萧索，一个叹说迟晚。这一首大约可以与樱花的传说故事相关，那传说听起来令人忽然能成惆怅客。

来赏樱花的人，大多结伴而来，双影抚枝，兴致而来，兴尽而返，却少知幽径残香，谁与樱花双影。花一落下便失了依靠，任凭风卷残香，流离失所，这漫天的花啊，还是不摘的好啊。姐姐慧心柔性，对花们说，这可怜见儿的。记得对姐姐说，可摘些夹在书页间，看来是不能如愿了。猛然想起，《醒世恒言》里有一节，叫作花木不堪折，就找出来读：

"它熬过了三时的冷淡，才讨得这数日的风光……"

踏春记

第一场

天开始寒，地开始冻，万物开始眠。山野间一株梅，生长在岭上最高处，愈冷愈展枝，枯黄之间独见其骨格如诗，气质如词。时有幸运人可以看到，看到的或者赞叹三两句，或者吟哦四五声，也就走过去了。梅兀自享受这清澈的凉，不为人的浊音所动。

梅：从前时候，梅生梅子，人们只知梅子可做烹调味，或者望梅止渴，再后来见我于冬日绽放，酸秀才作诗说我耐寒，只有一个真秀才，就是把我赠于陇东人一枝春的那个，才稍微知我的一点开花意啊。

枯草：离离原上草，一岁一枯荣。你在该荣的时候枯，该枯的时候荣，上天也会妒忌的。你不见那温室里的各色花，一个比一个艳，装点着富足人家的厅堂。你这野岭的梅啊，谁又知道你的存在和你的悲伤。你可是装点着天下的厅堂。

梅：我曾经开在官宦人家，他们赏我的耐寒，以此激励他们争权夺利的斗志；我曾经开在富豪家，他们赏我的奇枝，把我跟奢侈的珊瑚树摆放在一起；我曾经开在百姓家，他们赏我的颜色，只为在枯寒的冬里寄托一些炕头的温暖；我曾经开在诗人家，他们赏我的灵感，好在没有笔墨的时候借我抒发他们的情感；我曾经开在君子家，他们赏我的不同，向别人推介他们虚伪的道貌岸然；等等。他们没有一个关心我的期待，我灵魂里的另一半。

枯草：天哪，要是我们能生长在其中的任何一个地方，他们愿意怎样就怎样罢了，何必自寻这样的烦恼无端。你看我们，说不定是你最知心的朋友。

梅：我们本质其实是一样的，只是向往不同，生长的姿态便也不同，腰弯得久了，个子自然就下垂。草里也有我这样的性格，梅里也有你这样的性格，不独是草便枯，是梅便放。这样的草与这样的梅，走在一起就是现在的草莓，结出表面上是红色的果实，酸酸甜甜，许多人就认为这就可以了。人间不是一直在做这样的蠢事吗？让不同的走在一起，完全是在葬送野性，以满足他们感官上病态的片刻幸福。

枯草：你说的我听不懂。那你开花是为了什么呢？

梅：我开花是为了另一朵花。来自天上的，上天唯独赐予我的一吻，知我的冷为我镶就的玉尘簪。我来到这个世界上，不是为了生存，是为了一幕纯洁无瑕的消失。

第二场

今冬偏偏奇怪，天阴得很沉，沉得像夜晚来临，压得人透不过气，想着无论如何会有雪。第一次，没有。第二次，没有。第三次，还是没有。来往于梅前的人们，第一次说，没开。第二次说，没开。第三次说，还是没开。其实是开了。

枯草：你的另一朵花不会来了，上天有时并不会眷顾痴情的一方。还是开自己的花吧，不然错过了花期，这一载就是白活了。

梅：不，一定会来的，我已经嗅到消息了，天上听到了我开放前的声音，冰雪聪明的那一半，是年年都会来的。上天是会眷顾痴情的一方的，迟到是因为想看我能耐得几时，我不会为此而推倒我刻骨铭心的记忆和向往。我还因此感到幸福，因为突然感到这好像与谁无关了一样。

枯草：我认为你是有些沮丧了，你让我们这世俗的只看到表面的草们感到无地自容，你的幸福好像永远不离你的左右，无论那一朵是来了还是不来了。

梅：可爱的草们，我无意中说的话都是我的心里话。我像一个隐士一样远离城市、乡村、花园、别墅，在这岭上愿意与你们在一起，你们是我最亲密的伙伴，但依然你们是你们，我是我。如果雪花不落在我的身上，能落在你们的身上，同样是非凡的幸福。

枯草：非常感谢你对我们的热爱。我们更明白了如何到明年的时候绿得更灿烂一些。只是我们偷偷地看到，你的面容，一点一点地憔悴，落在我们身上的叹息，那是你的魂吧。我们因此而诅咒天阴了却不下雪，请你不要觉得难为情，我们知道你骨子里的清傲，是一种高贵的品质。

梅：请不要再这样说，我只是梅中普通的一株。我的知己可能不知道我从官宦、富豪、百姓、诗人、君子的家里迁到这荒丘上来了，也许正在苦苦地寻我，我是在暗暗落泪于寻我的茫然。当然，如果雪必须落，且又不是落在我这一株上，那也是上天的意思，是在冷冷地看我的香，如不如故。

枯草：多少世上的人以梅自喻，多少人又能忍得梅寒呢。

第三场

日子一天一天过得像冬一样萧条，梅目望川，梅心望天。东风有时吹过，在耳边说春要来了，梅就一颤。枯草的细叶间似乎隐约开始有绿晕，梅就二颤。从梅身边走过的写生人，摇头道可知我期待了很久很久，梅就三颤。梅抚摩虬枝，老纹遍体伤痕，却不是因冬的枯寒才老。忽然，天色暗下来，四野皆不见清明，有天上物落下。

梅：苍天啊。我可爱的草们，你们快看，朝上仰望，仰望无比高远的天空吧，现在它是离我这样的近，近得让我感受到拥抱的紧张，我的身体开始膨胀，我想我要开花了。

枯草：尊敬的梅，你终于等到了你的日子。你把积累的情感都绽放在这一刻吧，我们是草，我们开不了花，但我们喜欢看你开花，在这荒无人烟的地方，你的开放是我们一年中最盛大的节日，让我们激动地欣赏你的美和你的红吧，这也是上天赐予我们的恩宠啊。

梅：我可爱的草们，感谢你们陪伴着我走过最无奈的时刻。当纷纷扬扬的雪花落下来，希望你们也能沾染上纯洁的清白。一滴，两滴，快要来了，快要来了，我可爱的草们，我们不要说话，不要说话，让我开花。

枯草：如果自己开不了花，身旁却有花开，这也是多么幸福啊。小声点，你看梅，你看梅的枝头，一瓣两瓣，深情的红色，一朵两朵，每一枝都点缀上这枯寒季节里最令人头晕目眩的心疼。这是天地间相通的情感啊，让我们不要打扰她们两个的相聚吧，待到晚上，我们再偷偷地看红萼上的玉尘簪。

梅：一身花红，我想到了那身嫁衣，那坛女儿红。

第四场

梅开一树香，雨落三两点。云开月出，这样的夜，梅的红在月色下红遍了山前红遍了山后，这样的夜，月色的白是那样的凄凉。这是一冬里第一场水，却不是梅盼的雪，雪啊，你可是在半空中，让哪一个温暖了吗？

梅：可爱的草们，你们看，我开花了。

枯草：尊敬的梅，我们看到了，我们没有看到你的雪。

梅：是啊，是我开早了吗？

枯草：不是，是雪来迟了。

梅：是我们没有约好吗？可我们是不用约的，她知道我在等。

枯草：梅，你的声音有些反常。你过于平静的语气让我们感受到一阵阵的冷，甚至感到你的遥远，好像是听着梅魂飞远后的回声。

梅：我可爱的草们，请你们记住我今夜的红，今夜的叹息。我将把我的每一枝每一朵每一瓣消于虚无，请不要误会，因为我实在承受不了花的重量。花是有重量的。

枯草：不要啊梅。明日，肯定有许多人来观赏你的开花，为你写下整脚但却是赞美的诗歌，填平仄不对韵但却是爱怜的词，留下啰啰唆唆堆砌辞藻但却是难忘的游记。

梅：我不需要这些。这世上无雪，梅生得有什么意思。雪负我，我没有负雪。我没有了一朵，就只有一身骨，慢慢地化灰。如果雪哪一日来了，看到我，以为我负她，于是就没有了负担。

枯草：雪啊，我们这做草的，也恨上你了。

第五场

梅呆呆地怔在月夜里，花瓣一枚一枚地脱落，花蕊一丝一丝地飘零，突然开花突然落，唯一树瘦影，印在寂冷的心上，心如止水。

梅：原来花落也是一种美。

枯草：那我们的枯也是一种美吗？

梅：是的。繁华的美正在于未来的萧条，饥饿的美正在于未来的饕餮，贫穷的美正在于未来的富足，爱情的美正在于未来的绝望。

枯草：明白了。你现在的瘦影，在月光下，呈现出绝伦的峭拔，枝尖刺向清冷的夜空，什么都显得不再重要，你属于自己的其实不是你的花，而是你的骨。

梅：你们果然是我的知心人。

枯草：不是。当我们能够站在旁观者的一边来看待自己的时候，我们会发现，我们真正需要的，其实就是个精神。比如你心里一直想着雪，你的精神就被雪带走了，之所以盼着她，是因为想让她把精神还给你，也所以叫有梅无雪不精神。

梅：是啊，虽然你一直活在我的脚下，我以为你会一直仰望我，但我看你，须得低下头看。老实说，我一直没有把你们放在眼里，我以为你们是逆来顺受的，而我不是，我偏要不该开花的时候开花，所以注定一错就是整个季节。

枯草：是啊，我们体会了。自从你来到这个岭上，就是灵长类动物也来得多了，他们踩着我们，在你身边指点来指点去，高雅地谈论你的品质，仿佛你是生长在人间的仙女。是的，我们认为你就是天上的仙女，你在天上与雪有个约定，就是每年最冷的时候，在人间互相取暖。

梅：可爱的草们，难得你们这样劝慰我。像我这样一开即逝的，是梅中的断梅。就让我的干枝骨在风中，一段一段地折成碎梦。你们难道不认为，月光下我的影很美吗。

第六场

一缕香魂从岭上飘散，没入无边无际的四野。谁也不知道，这一株梅已经开过了，已经败过了。一树梅瞬间成一堆因思念而化成的灰。远远近近的人们突然嗅到一股奇异的香，纷纷顺着香味一路寻来。他们看到那棵梅树像被火焚过一样，零乱着在枯草们中间。他们叹：梅，怎么就能和草们在一起呢。他们说终还是没能看到梅开，这一冬可是见不了颜色了。这些二八月乱穿衣的人们，有的已经着了单衣。他们说，一场雪也没有下，梅让孤寂死了。正说话间，有白纷纷扬扬，有人道：春果然来了，柳絮都开始飞了。

雪：天上人间，多么相同。人间有什么，天上就有什么。天上是人间想象出来的天上，人间是天上反射在人间的人间。唯有一种不同，那便是爱情，人间什么都有，唯独没有爱情。愚蠢的人啊，让我给你们演绎什么是真正的爱情吧，让你们看看我与梅之间在最冷时的最爱。

枯草：雪啊，你在寻找什么呢。

雪：我在寻我的梅，我找遍了城市、乡村、花园、别墅，找遍了一切可以开花的地方。你见过我的梅吗？

枯草：我们倒是见过一株，但不能确定就是你要寻找的那一株。你能向我们描述一下那株梅吗？

雪：可以啊，我十分愿意，我已经一路向别人描述了千遍万遍。我那梅，性沉静，喜孤居，自小生在湖畔，得净水洗面，天然生香。与众梅殊质，不喜人间为梅写的所有诗词，自己写诗作词，写后便葬。我那梅，只在夜里开花，只一夜便败。我每次总是早早地来，这一年不知为何，路上阴晴不定，可是急煞我了。

枯草：看来是你寻的那一株了。尊敬的雪，我们十分相信你的话，请允许我们向你描述你的梅，描述梅在等待你的时间里，是怎样把一腔红洒在夜里，落在泥间。我们没有经历过爱情，草们也不配有什么爱情，但我们亲眼看到了梅的爱情，我们便认定是有爱情的，并不因为你的到来。

　　雪：我的梅现在在哪里呢，我要为她戴上最珍贵的白玉簪。

　　枯草：她就在我们身旁，这一堆自焚的梅骨。她一入冬就整理好心情，我们分明听见她在歌唱，大意是她可以红遍山前红遍山后，红了门前红了窗口，我们听了还讥笑她的痴，甚至希望这一冬无雪，这是妒忌。有一天她好像听到了你的消息，在夜晚把全身的花都开了，开了你却没有来，一刻间就败了，令我们目瞪口呆。那梅骨自己一段一段地折下来，你看，都快化完了。

第七场

　　如果没有爱情，梅该开花便开花，关雪甚事。如果没有爱情，雪想何时落便何时落，关梅甚事。如果没有爱情，谁都不会错过谁，因为没有理由。如果没有爱情，谁都可以错过谁，因为这是最大的理由。雪一身恍惚，在风里舞成漫天白雾。人们说，春来了，是桃花雪啊。

　　雪：不能稍等一等吗。

　　枯草：不能稍快一快吗。

　　雪：我恨梅。

　　枯草：梅更恨你。

　　雪：为何阴差阳错。

　　枯草：因为阴阳不合。

　　雪：我是为梅来，偏落在桃身上。

　　枯草：梅是为你而开，偏落在我们身旁。

　　雪：如何？

　　枯草：你且与这梅骨一同化。明日我们返青了，也明白了爱情。

第八场

春来了。人间的人在春天，三三两两地出外踏青。枯草们也攒足了劲儿，绿油油地衬托着另一新的季节。这是草们的季节。草们说，多么想念那一树梅，在我们上面走着的人们，看着他们相亲相爱，难道他们是梅雪的化身吗？难道是他们经过一冬的磨难，忽然明白了春的来之不易吗？草们说，你们看，在梅的地方，生出了一株柳，柳丝竟然很长了。

游人：这地方原来是一株梅啊，不知哪个狠心的，为了自家的院子，把她移走了吧。

草们：不是。她在这里经历了一场刻骨铭心的风花雪月。

游人：噢，和谁呢？

草们：雪。花开早，雪来迟。

游人：真遗憾，没有看到戴雪梅。却如何成柳了？

草们：柳丝是爱情的弦，你们看这是倒栽柳，如果柳丝能一直扎到泥里，明年的冬季，梅依然会来的，要是扎不到泥里，这弦就一直断着。

游人：你这草好像知道的太多了。

草们：越是无心越能渡。你们踏青，踏的就是梅雪之间的爱情啊。你们听了她们的故事，难道不值得写一首诗吗？

游人：人间也是时刻在错过，错过了就该不再成为过错。就让我为她们写首诗吧：梅开只待玉尘簪，香暗魂销无信传。缤纷落蕊戚然逝，一样花开为底难？萧瑟疏枝雕瘦影，无缘二月雪飞天。风吹絮化无声叹，谁抚柳丝成断弦。

草们：爱情终于可以安息了。

春秋词

城外几十里，清凉山上清凉寺。秋至，艳阳高照，阳光下一览无余的肃杀气，在地平线上如炊烟升起。安静，声息皆无，遍野苍茫。

半山一个水盆庵，尼姑是早没有了，那口井还一直供应水。早些年来时，破败院落，不修边幅。现在成一个四合院，住着些善男信女，春种秋收，掩住了尼姑的悲苦气。庵里一个大娘，说起来早些年见过的，她原是下面一个村子里人，年纪大了，寻个清静。留下吃饭，南瓜片菜，和面擀面条，就着院子外种的大蒜，吃两粗瓷碗，弄一额头汗。院外坡上坡下，秋收了玉米，残留着瓜果菜蔬。她脸上亦是沟壑纵横，朝南一站，东坡西坡，全画在面目上。她说，入秋了，凉，不宜在山上久留。

清凉寺的香火，也甚清凉。在寺外歇了歇脚，盯着门匾出神。羊肠道上，一拐弯，就在石头上写：这是大路。寺下有一巨石，危累崖边，一推仿佛可倒。在青石板上躺下，阳光如幔，昏昏欲睡。崖下田里，有蚁一样的人忙碌。便是在清凉近旁的人，也难得清凉。

何况是寻来的清凉。

春天到桃花谷才好。桃花谷又好像冬天才开桃花，此处桃与梅争寒。秋天夹在中间，来不得走不得。这桃花谷的桃花，实在没几个人真正看得到过，大都听凭宣传上的桃花乱坠。

今秋桃花谷的水倒是非常好，从最上面的瀑布一路挂将下来，逗引得鸟鸣啾啾。人实在太多了，一个接一个，不能稍作停留。秋还不甚深晚，游山玩水正是时候，至于桃花，又不是没见过，若是心情好，人面可以是桃花么。

记得早年，那时桃花谷还不成为风景区，与熟识的山人来，雪花飞舞，桃花谷里，两个白头翁。他非让我一见桃花，以证明他所言不虚，最终却没有见到，他便埋怨我没有桃花运。夜晚宿在谷里人家，反倒梦见了桃花，只是我没有跟他说，怕他说我故意矫饰。主要的是，我以为是桃花娘娘显灵了，舍不得往外说。

游人里，赞叹桃花胜景名不虚传，说可以是桃花源。而且还能举出种种例证，比如这水秀在什么地方，这山雄在什么地方，这空气净在什么地方，这花红柳绿妙在什么地方。应该是知识分子的口气，又兼具科学分析，仿若他才是这山水的知己，幽谷的隐僧，草莽的英雄，旷达的谪官，桃花的知音，落魄的情人，归于林下之急迫，百般高洁。生生想劝其不归。

越是这样的，归得才快。桃花再美，于之过往云烟。明天，或去赞叹另一个桃花源了罢。最可怜新欢，一转眼便成旧爱。桃花已然只是个名字了。我一直觉得桃花谷的尽头，是一个叫桃花的坟，那里埋葬着关于桃花为什么要在冬天开的故事。

道旁坐着卖各样山货的老妪，一定是那一年的桃花。

淇水上游至辉州境内交界，标注有一水库。大坝旁一村民收拾田地。问：坝在什么地方？答：眼下便是。往眼下一看，几块大石昂然坐于山口，傲然耸立，卓尔不群了。对着这坝笑：是最天然的大坝了。

涉猎记

爬到石上，才觉人的小，不敢说话。石下漫生出水，滋润出一汪湖泊，不比村民收拾的田地大多少。最常见的野鸭，捉对戏弄，它们视人为无物，人却叫它们野鸭。人的标准很有意思。

坝后面肯定是水吧，许是汪洋阔大，在山洼里积起个海来。朝坝后面下去，上坡，站坡上一看，满目绿盈盈的养眼，刚欲说这水如何，觉得哪个地方不对，再朝脚下一看，一色才出尖尖角的麦苗。顺着麦苗朝远处，远处也是麦苗。依稀可以推测出当年水势的宏大，占地的辽远，江湖也会沧海桑田，顿觉吟《赤壁赋》而不见赤壁石，怅然许久。风来苗动，亦如当年风行水上，也又成纹。而天气，起风便寒。

返身往下回，隐然听泠泠作响，下岸，水声轰然，撞石飞花。这一片乱石堆垒，斗大的白石从山间冲下来，胡乱滚作一团，又胡乱嬉戏成一团。秋草在青黄不接之间，远天在白云深处泛蓝，秸秆稀疏，豆架凌乱，似荒无人烟，又似肥沃田园。一片静水之间，两块石依偎成幼龟，憨态十足，朝岸上张望。对着它叫：渡我。

涉水至对岸，水冰凉，软滑，湿半截衣裤。慌忙间寻一大块石头坐下，晾晒，念：萧瑟秋风今又是，换了人间。左右一片秋意浓，恰好一篇秋水文章。待起身，一回头，刚坐过的那块石头前，还卧着一块小石，又呈龟状，比河中间的那只慈爱安详。

双手合十，道：谢了。

汤河桥往西，有另一番景象。汤河边的人，把汤河叫作小河。半下午到水边，天就开始冷了。散散落落的钓人，稀稀疏疏的孩童，杨树林夹岸对峙，小池塘大小相依。水边一条柏油路，不宽，正适合散步。岸上就是平原，不种庄稼，种些草药，一望无际。秋凉，正好温补。几个顽童在桥上扒着头看鱼跃，鱼欲跃，投石，鱼惊，童乐。晚秋了，还有一个光着屁股。

　　田野的气息，在晚秋的时候味如炊烟。隐约听见有锣鼓声，孩童说：这村里有戏。这是啥村？部落村。这名字起的，真有些晚秋的意境。那便听一回戏吧，蹁然往村里走，声渐响，戏词都能听得一句半句。王兄。娘娘。曲逆侯。吕太后。陈平。吕雉。不好，这是要打起来了。戏台上热火朝天，刘邦的媳妇跟刘邦的兄弟在讨论王位继承，互不相让。

　　陈平显得气急败坏，吕雉倒令人可怜。

　　台下的人听完戏，美滋滋地散了。月亮在夜空里白的没有一点血色。人一散，立时就静得可怕，水流声像谁在叹息。顺着行道往回走，一路无言。这一秋就要过去了，真如戏一样，锣鼓点打到哪儿，词就得跟到哪儿。

　　早春宜读书，生出无限良辰美景。晚秋可听戏，体会人间别样炎凉。

第二回

抱香·消魂

碧螺春

喜欢茶，喜欢茶的人，分若干个等次，和茶有品级一样。喜欢文字，喜欢文字的人，同样分若干个等次，和文字有品格一样。

喜欢碧螺春这三个字。碧者，玉色，温润。螺者，蜷也，憨态。春者，萌也，明媚。理解的可能只是一个有些偏的意思，字面上的感觉，就像灯下观美人，隐去了些清晰的不好处。每个人都有最美的一个侧面，愿意碧螺春一直在灯下。

泡上一杯，细高的透明的玻璃杯，干净，温暖，在桌的一角静静地，像古代的侍妾。写字的时候，好像知己在温情脉脉地，很幸运人间有我，有碧螺春。如果没有碧螺春，或者碧螺春没有我，那我们就都是怅然的。

以前不是这样，以前喜欢有浓烈味道的，无论是什么，总要抓上一大把，非要苦了才行，以为这是境界。生活中就不知退让，不知海阔天空，索取远远大于奉献，觉得比高处高才是高。其实这是错的。

虽然还是不懂得茶道理，但一直喝的碧螺春，时间长了，能有自己的品味。于是知道了文字的品性，要像碧螺春的条形一样紧圆，紧得像中国女人的旗袍，曲线的优美，落到圆润的质感上。要像碧螺春显露的白毫，一点白是一捧雪，心地的纯洁站在无瑕的高处。要像碧

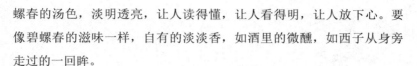

螺春的汤色，淡明透亮，让人读得懂，让人看得明，让人放下心。要像碧螺春的滋味一样，自有的淡淡香，如酒里的微醺，如西子从身旁走过的一回眸。

当然，碧螺春，只是茶的一种。亦如我这一种，不关心国家大事，不悲天悯人，撞不响黄钟大吕，先天下之乐后天下之忧，有的只是小情调，趣也只是小情趣。像独自品着碧螺春。但也只我一人知道，那个碧螺春的筒，是个骗人虚荣的好摆设。

大红袍

　　散放的浓浓，似作灰烬一团。浓浓里的清淡，那样悠远。好像那天边，飘过来武夷的鲜。水长流，流过谁的心间。逢不见，那天上人间，高山流水，来去无踪，梦里的仙。谁的指尖，敲在眼前，岩上筝筝地乱。把一曲《长恨歌》，从唐朝唱到身后百年。谁在看，谁在怨，谁在路上走，谁在陌上还。谁望见天空，飞远的孤雁。又掀开，隐约水那边的帏帘。谁在一声，长叹。

　　那杯也闲，水也闲，闲人一个，闲得无关风月无关冷暖。人去楼空，月半边，这箫瑟，如断弦。弹一半，留一半，另一半飘向千万里的远，续不上前生缘，空空落在大地上，草丛间。那孤窗，不觉寒，轻轻开合，轻轻吟唱，开也开不得，合也合不上，枝叶乱翻，碰到窗棂，要看楼里佳人何在，春梦缠绵。风卷罢残云，更向楼里，偷看经书几页，偷笑字里行间。谁在一声，长叹。

　　人单单，影颤颤，独把煮茗的炉，拨到火苗儿蓝。夜暗暗，烟缓缓，可是那烧沸的水，响彻天地间。此处比，比过那武夷山，最高的一块岩。不再想，谁能伴，不再问，天外天，一杯装下心上苦乐流年。茶几片，有长短，有细语，有粗言，纷纷洒洒，全在水下边。茶有缘，有水暖，一壶清淡，一壶浓酽。悄悄去，轻轻地呵气如兰。谁在一声，长叹。

箫声咽，谁在怨，谁在沉醉，谁在把肠断。茶道上的人有千千万，只道茶香，不道茶酸，只道茶暖，谁喝得下，我这零度的寒。水凉透，茶叶展，它在水中无端地难。茶啊茶，我难得一回清清闲闲，为你取得清清水，把它煮成一壶仙。可是我一个人，比不上满桌的茶盏，凉得这么快，热起来那么难。将你饮，不怕寒，凉里的滋味，你遍我的全身，我凉你暖。谁在一声，长叹。

夜如墨，发散乱，没有长袍，书生怎么，月下舞剑。茶未饮，人已醉，朦胧里秦时明月，都在眼前。长城外，古道边，霜冷长河，都在身边。我多想，汉时的关，守一片苍凉，做一个饭袋，挂一个酒泉。大野的苍茫，扑面迎上，胯下的骠骑，一日无疆。不把那，陈情往事放在魂上。将军何时见过茶，那枪尖上，酒里一颗英雄胆。再回头，越过一千年。谁在一声，长叹。

汤澄明，可是昏黄时刻的酿。味浓香，道不得春夏秋冬一样的挥之不往。人叫你一枝香，人叫你不知春，可你一汪水，醉了红海棠，醉了吕洞宾。我多想，在你那块岩上，种个梧桐，引个凤凰。凤凰树尖欢，树下水生烟，秋风扫落叶，叶落在茶盏，一席流水，从喉间，稍停暂，过心田，肺腑生津，肝胆照看，直绕得武夷山下皆潺潺。便不怪，我在树下落了单。谁在一声，长叹。

唤来那，弯过去的月亮你莫轻嗔，唤来那，不息的风儿你莫痴念，唤来那，敲不尽的更漏你莫盘桓。不是俺，不宁静，不淡远，不心安，不自偏，你看这茶泡七八遍，一味更比一味鲜。白日我洒尽欢笑颜，怜我晚上独相看。无人共饮茶，无人相谈欢，红袍滴滴尽，甘苦在里面。白日声声暖，暗夜啸音短，平仄高低韵，险如武夷岩。披上红袍，高高的绝壁间，惊鸿一般，不语也不言。谁在一声，长叹。

武夷山上一两叶，似醉我一声一长叹。那一株茶树早就成了仙，点滴的温润，还在唇边。午夜的箫楼，游丝般的风，谁知道一袭红袍，映红了半边天。这茶盏，留些残，便如酒里留下根源。一个人醉在茶里不想还，楼还是这楼，弦还是这弦，空楼的空，断弦的断，你空便空，断便断，浓便浓，淡便淡，聚便聚，散便散，茶与我诺言，百年后我也活在草木间。谁在一声，长叹。

荷花青莲

讨要了一套茶杯。"讨"这个字眼，不禁想到清明上河里，打躬的样子，礼周全而有趣。白瓷套杯上荷花浓淡，苗条如女儿家。六只品茗憨态可掬，渲染了另一幅青莲。白瓷青花，旗袍上用着，能把人衬托得玉一样无瑕。选杯人的眼光，正合心意。阳光下青荷愈发鲜活，竟不觉苦夏的苦了。

观察许多常喝茶的人，虽在和敬清寂里躲着，然孤意眉与深情睫之间，往往掠过难以言状的惆怅。茶在酒水之间，人在草木之间，极左与极右，极上与极下都须有极大的勇气。茶里的惆怅态，美得令人心惊肉跳，又只是当事人才知，自己欲死欲仙，境界又清醒得像个智者。

若是喝茶，闲的话就泡一杯闲工夫，功夫还是在闲上，能闲是真功夫。但把喝茶弄得那么烦琐，闲工夫又忙到精雕细刻上，做戏一样，唱念做打，差一丝毫就以为失之千里，终会偏得远了。讨来的这套茶杯，只需洗之泡之倒之饮之，四样程序，已经很完美了。删繁就简，如夏日穿衣，可不要的统统扔掉，不能省的，坚贞不屈。

对着青花，念一句：花之君子者也。南方叫作莲，北方叫作荷。水土气候，和而不同。荷花青莲，便是绝对不能省的，须坚贞不屈。

沐荷记

"坚贞不屈"这个词，听来好像可笑了，似有些不合时宜的迂腐。

算下来，只是喝一处的茶，能有很多种了，茶盒纸袋，攒了两大包。有时出行，身上装两粒，喝完把包装纸带回来，自私得很。偶尔青黄不接，一杯白开水，喝的时候也滋然有声。外人看来很是诧异，说你喝白开水也是要嚼嚼才能下咽的么。

简简洁洁的一套杯，得配个简简洁洁的盘子。寻思买两根竹子，做个茶船。瘦西湖上荡的那种，船娘要备一个青衣。船头让青花杯迎风而立，杯里红颜，与青山绿水相映。做一枚小古琴，风一吹泠然作响。船尾品茗，荡漾云天，波纹微潮。船舱里放着普洱、观音、毛尖，或者还可有苦荞。

这并不是个难事，虽然做的不一定那么好。委屈的是，竹子都寻不到。在一个竹器店里，有竹子做的许多器具。选了一个极小的托，恰好可以放上这一组茶杯，不嫌大不嫌小。女店主说她只经营竹器，倒不听说卖竹子的在什么地方。

又说，你经常喝茶，你见过茶是怎么长出来的么。

竹盘卧在面前，做工倒不粗糙，竹纹清晰。就着茶读诗经，一直觉得最享受。脑子不如以前记忆好了，昨天读的，今天就能忘掉。用开水烫了一遍杯，放进一粒普洱，洗出第一道，溢到竹盘里，别致香慢慢散出来，淡淡的烟气朦胧。白瓷杯套到里面，青荷入水，开始有生命了。提起来，斜放在杯口，浓的如墨，滴下的如夜，喝一口，忘记白天一样，那些场景只在梦里浮现。

近来天浮人躁，荷花青莲开得正是时候。青花要是开在白衣服领子上，亦应是时候。

午后白茶

细若银针，每一根都是独自窈窕。尖又像指尖的最尖，拈起来不肯放下，怀疑指上也能生出这样青丝一般的袅婷。每一根又都气若游丝，诗经里的女儿那样轻声呢喃。每一枚的腰身上，有斜旋着的绿丝，看得久了，就活起来，眼神里映出一个仙子。

真不忍心，把一壶温水，淹着她们。

白茶的传说，借用了白蛇许仙的故事，这个故事生命力极为顽强。说白蛇为了救许仙，去盗仙草，回来的路上，无意中将仙果落到山巅。传说最容易将人引领到漫游的氛围里，白茶成为一个小插曲，在这个传说里，就像断桥边花朵上的白露。

白茶的"白"字，与白蛇的"白"字，是同一种幽怨。

室内空无一人，寂静无声，冷静的气息丝丝缕缕。白蛇嫁给许仙后过的日子，究竟是个什么样子，印象里他们很幸福，仙人与凡人的结合往往是爱情互补的典范。江南真是个盛产温润事情的所在。比如这茶，真如雄黄，可以令人现出原形来。

午后的阳光很暖，在一盅茶前，思念那个传说里的女子。恍惚看是，你在对面，袅袅婷婷地舞动水袖。却原来，我的眼睛，让茶的氤氲熏醉了。秋风入室，书页闲卷，茶香醉人的时候，风是清风，月是明月，心是安心。

白蛇原是病异的蛇，白茶也是病异的茶，喝茶人若是有恙，当同病相怜。

滋味如同在传说里了。于是白茶如药，非要品得一点滋味也没了，仿佛才可以倒掉。展开的银毫湿漉漉的，吸引人想吃下去，药渣也不舍得弃掉。这是白蛇的仙草，每一点都有仙气，突然觉得这哪里是茶，分明是断肠草。

这么奢侈的传说，不敢相信它的真实。听说白茶是很稀少的，这我相信，哪怕它很多，也相信它的稀少。只微微喝了一点，是怕喝不到老。是怕有一天，没有了像今日午后的阳光下，一个人怀念一个传说。

白茶的白，原来是飞白的白。

碧螺秋

天时忽凉忽热，单棉换来换去，冷暖转换得快，令人能悟出世态亦如衣服。好在几场雨，有漫浸辞章的味道，稍稍平息一些不合季节的心火。一年比一年春短，喝不得几次茶，一春就饮过去了。夜雨时在水边亭榭，想象柳叶如刀，在微风里斜着叹口气，滑两三滴清泪一样悠远一些的愁，把眉间烘托得更有偏僻地方深径不遇的惆怅意思，算是非常好的春的仪式了。

茶园里的人家，可以结茶亲。喜欢茶的人，到茶园人家里住下，一起采芽，学着做茶的各样步骤，得到了亲身体验的快乐，环境又换了青山绿水，忘掉许多让人烦恼的事情，如果能品着自己学做的茶，或许就实在不想回到高楼间了。把人比作一片树叶，每个人的一生，便是自己味道的一壶茶吧。

除了发酵的茶，可以放许多年，另外的，越新鲜越好。于是明前的茶，受很多人推崇，以能饮到为荣。数量少，质量好，价格就高，不是常能碰到。不止一次想某个时候，可以寻个安静的地方，种两三株茶，读些悲剧，而后炒茶，泡出来碧绿的，大红的，黑的白的，分一些寄给姐姐，夹一张纸条说，与茶同德，可以茶寿。

事实上，是姐姐又有新茶寄来。说，寄的时候慌张，忘要单子了。

沙锅记

便打电话给快递，要求查找，说是刚炒制的新鲜食物，唬得快递急忙忙送来，一直说对不起。有些不甚厚道。两大盒观音，六盒大红袍，一包碧螺春。说大红袍是十盒，你吃六盒，我吃四盒，只是碧螺春，好像是放的时间过长了，不知道还能不能喝得，分一下，你尝尝过期的是啥味，我尝尝过期的是啥味。

她若是不说，我是根本不会去想有什么过不过期的。喝习惯了她特供的茶，便是从地上拾一包树叶，寄来我也会是珍品一样地饮了。说，且尝尝这过期的碧螺春，是什么样的滋味。把杯子重新洗净，泡上。满杯浓黄。轻轻地笑：你可能记错了，这或许不是碧螺春，该叫作碧螺秋。

抱着杯子闻香，香里同时有一股淡淡的旧味道。说，肯定是放的时间太长了，要不别喝了吧。我说，不可，这老陈碧螺春，生怕是没有第二个人能喝得上了，里面全是相忘江湖的味道。一杯饮下，再续上水，浓黄依旧，确是无新鲜碧螺春的绿意盎然，但散发的别样的醇厚，又恐怕是新鲜茶，所不能达到的酸楚。听说，蒙顶山上，有一个老师傅会制手工黄茶，每年只能制那么一点，他言道喝的就是时间。我喝的也一样，这浓黄多像手工制作的纸张，在柜子里放到了很老。

于是郑重地给这过期的碧螺春，起名叫作碧螺秋，得意地想，这种崭新的茶名，实在是把这一些茶，生生珍惜得如世上的仅存。再端详一颗一颗蜷着的团毫，它们竟是温暖地依偎在一起，仿佛再也不害怕离弃，成为这里最高级的品味。其实最得益的是我，每次泡上一杯，便想起它的新名，很有成就感。

碧螺秋者，形散而神不散，少了新鲜条形的紧，多了秋意来临时的凉，半松半紧，散淡随意，如人到中年，事到平常，鲜味淡而旧意浓，不紧张也不纨绔，容颜里虽是半老徐袖，气质间仍是洞庭湖畔。我亦中年，与之对视，互相怜之，说当年你也有新鲜的时候，绿衣白面，冲天香气。

每泡上一杯，都朝它笑笑，放在眼前最近的地方。洗茶时，提醒它说，这是洗尘。想它大约受不了高度的水，把水放到温的时候再泡，呵一口气，说如是接风。品一口，悄悄说一句，真香。这样另外的味道，那种因为时间过久，浸了别的地方气息的经历，是它生命中最难以忘怀的窖藏。

有人见了问：这是啥茶？答：碧螺秋。人笑：只有碧螺春，哪有碧螺秋。我说，你可以尝一尝。倒给他尝了一口，皱着眉咽下，等了一会儿，说，没有回甘。这碧螺秋，确实是没有回甘，就是说喉间不会有返回的甜。入口是一股冲人的涩，夹带着酸，陈霉的气息，点点咽下的无味，却又像消失到一个人的野渡，恍惚是某一年暗地里的无奈。

碧螺最好喝的，当然是这碧螺的秋了，夏则过暑，冬则过寒。像回到多年无人居住的老屋，坐在老屋的台阶上，儿时旧梦如在眼前，窗前桂花期待月圆，半生已过，霜上额间。再站起身，唯有一淡，陪着下半生如上半生的浓。所以碧螺秋，是人生风雨浸透的辞章，算是非常好的秋的仪式了。

茶的独自的事情

　　茶壶与茶杯，镶彩色的花鸟图案，浓得艳，大俗特俗。茶是极好的茶，送茶人又清淡高雅，味道外的味道，外人不会懂得。

　　从浓艳的茶具里倒出清淡的茶，这是赠予的清香；从浓艳的俗世里品出清淡的道理，这是回甘的深远。

　　夜里散散步，一个人漫无目的，自由像翅膀一样往高处飞，往低处隐，整个人像舒展开的观音。要是突然能生发出几句像诗一样的话，就在心里来回反复，回到家就记在本子上。第二天一看，又笑昨晚傻瓜一样的行为。

　　这时候喝茶，反而有些惆怅了。

　　年纪大了以后，好像不该乱谈，那是过去的事情了，说出来会有些做作。妒忌慧人的句子里，道尽道不尽的，全在行间。比如隔座送钩，无题是淡；比如共剪西窗，锦瑟更浓。

　　隐约的夜里，肯定有难言之隐。

　　草木，有一年生有多年生，有如死灰，有如复燃，春风野火，枯荣兴衰。青年时期碰到少年的烦恼，隔洋兴叹。最好吃的，应该是上帝没有藏好的那一只苹果。有的明白，把一切付出，便有了意义；但若是把一切付出，也就没了意义。

其中的苦楚，不痛不痒难以刻骨铭心。

陷入茶汤里的人，可以多品一下复杂的人生。

写红楼里的事，事先还要弄一段神仙故事，明明是掩耳盗铃，却必须要这样文过饰非，实在也是不得已。眼见为实，不见为虚，见了以为是虚，不见又感觉很实，恍惚如梦，常夜半独想片刻。不想便这一日不得过，深了又扰得不成眠。白日有时也发些呆，可能像打坐或者辟谷一类的形态吧。

就像一个人弹的单弦，一声空响，空谷不必回音。

就像藏起一半明媚的淡雅，欣喜另一半浓艳的忧伤。

第三回

锦瑟·那端

无 题

　　"无题"这个题，真是绝胜烟柳，锦瑟无端。

　　口里说不出来的，写在纸上。纸上不得写的，传到眼上。眼神里羞怯的，藏在心里。终是哪里都忍不住了，长叹一声，化作一股惆怅气息，呵气如兰。这样的往往悲痛不已，有弄得像无，无弄得像有，叫什么都不合适，叫无题正合适。

　　李商隐的一寸灰，祭奠了多少无题的魂。

　　凡是作诗能作出无题的，心里诗情画意最是繁杂，一刻也不得安闲。而繁杂的情绪，又总是最为纯洁，为着纯洁的不能而悲。往往一个人独对着窗棂，魂灵游荡在百里千里之外，那边的魂灵未必能在等待，就成为孤魂。

　　孤独的灵魂并不可耻，相反倒有可敬的地方。

　　西湖边的风花雪月里，最推崇的，一个林和靖，一个苏曼殊。林和靖梅妻鹤子的事情天下早闻，后世有几个做得到。为心上人终身不娶，植梅为妻，梅林又胜西湖烟柳。最古典的林和靖，再也没有种过其他的花。苏曼殊为情而僧，因僧更情，却从不近女子一寸，现代人的情事里，早没有这样的痴绝了。

　　所以孤独是相对的。如此，再回到无题，无题就是最丰富的题。

　　一个人对另一个人能有深厚的情感，不是一朝一夕能成就的，其中的风雨坎坷，知味者浓。如果偏偏是不能有结局的，就宁愿守着一个名字，精神上得些安慰，互相取暖。这实在是没有办法的办法。写情诗的里面，多数人都守着一个名字。诗写出来有题，也是无题的小题罢了。

　　有情人终成眷属，只是个美好的愿望。

　　以前喜欢参加婚礼，喜庆，热闹。现在喜欢参加葬礼，庄严，冷静。新人的微笑背后，隐约着多少日后的酸楚，而逝者安详的面容，告诉我们另一条路上的平静。幸福有时是表演给别人看的，以幸福的名义，我们做着许多不幸福的事情。

　　无题就像是一个逝者，提醒我们：早晚便是要去的。

　　哪怕你的容颜再美，你的心灵多么纯洁，你的行为多么高尚，你的清感多么真挚。对不起，总有一种方式适合你，让你面对你所害怕的到来。因此，想一个人了，就说句想了，这不是古代音讯不达，山高路远。须知一个人的张望有多么痛苦，就是不愿回应，也可以说一声，我知道了。

　　哪怕写了许多首诗，全是无题。

　　雨巷里那个丁香一样结着愁怨的姑娘，是根本不爱诗人的。因此作了多少诗，也只当是念给自己逝去的梅朵。因为冰箱推销员实在是个有着光荣前途的职业。况且你脸上又生了无数的麻子。你只会作诗，顶多可以是聚会上多喝些酒时的佐肴。学学李白，故里就好多个，他的题永远在路上。

　　古人的向往里，简单到了极致，只好无题。

　　情感便只是情感，没有别的，这是最好的归宿了。有些情感需要让世人知，有些情感不必让世人知，有些情感不能让世人知，这都是可以原谅的。无题给那些不能的情感寻了一个极好的去处。无就是没

沐浴記

有了，没有了以后，有的就真的没有了，有的还接着有，像李成灰那样在文字后面哭的人，无题恐怕只是个开始。

从无题开始的，必以无言结束。

流苏坠子

　　古典人物要求的性格里，能透露气质风度的重要处，就是静，静与雅离得近，静多了显雅，雅多了愈静。比如一个静女子往前一站，不说话，只是刚一站，头饰上的坠子微微地晃。而女子动的时候，那坠子却仿佛一直是静的。如此一动一静，气韵就流露出来。

　　潇洒的，在腰间也要有坠子，功能相似，更能贯通全身，所以看戏台上的人物，这样的细节最动人心。于是很羡慕古人能在身上搭配出精致的风流。

　　再有就是器物上了。古琴上挂一支，琴音顺着弥漫，风吹动长衫，流苏起舞，乐舞相伴，妙极了。女子抱一张古琴，光秃秃的没有流苏坠子，看上去像书生挂着一柄古剑，光秃秃的没有剑穗一样，少了灵动的魂。剑胆琴心，正是因了这看似无用的流苏坠子，才相会出这刚柔相济的生动来。

　　女子在茶室里喝茶，换上汉服，抚弄古琴。其实，那汉服只是如戏台上的，那古琴只是如工艺店里的，都谈不上多么正宗。只是人忽地安静下来，至于是不是正宗的物件，倒都不重要了，物件又因人而异，反而端详上去，不得不相信那是很正宗的声音与颜色了。

　　所以，女子是此刻茶室里，古琴上的那支流苏了吧。

流苏记

几年前到蜀中，让导游带到一个很大的乌木工艺品商场，欣赏加工艺人在木头上刻字弄花，雕出各种式样的物件来。大的，能雕成佛像、山水；小的，更是千百样令人想象不到的吃惊。这种木头在地下安静了好长时间，再见天日的时候，各有各的生命。最喜欢小东西，无用的东西，其中就有好多挂上流苏的饰物，试着拿了一枚挂在腰上，不伦不类。

而且这东西比较贵，不是内行人，又不懂。同行人有的买了小佛像，说是见佛像就买，保佑平安吉祥。就暗暗讨厌起西服革履来，如果到现在还是冠冕堂皇，就可以把那枚乌木流苏挂在腰上，风流倜傥地出来走两步，吟一句更无用的诗，相当于现在刚刚从文身店里出来，膀子上刻了一只孔雀，人得意得像开了屏。

朋友送来一支流苏坠子，流苏长得能飘到手上，像长发流动。流苏如女子，最美是发长。济南来的朋友见了，摸着那块乌木坠子，端详半天，问：这上面写的啥字。我说，篆书的平安。他再次端详半天，说：我咋看着写的是向度。我吃惊地问：向度是啥意思。

他说，就是让你往好的方向看。话里带着得道的僧气。

端详半天，流苏坠子像只安静的狐站在我面前。这个流苏坠子，名字就叫慕容吧。听着既静雅，又像极偏远处的独孤人物，默默地如水流苏，悠远地坠着，微熏一样随着风如吟哦。

油纸伞

看《白蛇传》，最倾心那把油纸伞，其间的爱情仿佛到不重要了。甚至认为，这一曲传说，是制作油纸伞的竹林间匠人，守着青山绿水，一道工序一道工序，自自然然游走而成。

撑伞的男女，却舍不得放下。

那一年到峨眉，看见满山的竹子，导游说白蛇是在这里修炼的。但她没有说这里制作的油纸伞是一流的。因为便是在油纸伞的故乡，打油纸伞的也不常见了。白蛇的故事她讲得很粗糙，显然是按讲解书上背下来的。但潮湿的雾气，让粗糙也细腻了许多。

许多人都曾梦过到西湖去拿把伞，但一梦也就过了。

一把伞制作完成了，要在棉纸上画些什么才好。心里想什么，便画什么吧。那时候竹林多蛇，时常蜿蜒到散放的伞骨里，在天气阴潮的日子里，梦想另一个世界撑开的样子，她柔软的身子不再无所安放。

那把最红最红的胭脂伞，令人意乱情迷。

纵然她修行了一千年，在世上也躲不过断桥的云水之间。在爱情面前，所有的修行一下子全部废了武功。哪怕那个人，把全部家当，都许给了仙。这一节爱情故事里，小青，就是那个从头到尾，制作那把胭脂伞的人，把一片红艳得能浓到滴下血的掩饰，悬在半空云里。

沙筋记

世人却一直以为，是握在手中的。

当一生长到青年的竹，风度翩翩地在林间倒下，清脆的砍伐声像成人礼一样激动，他衣衫上的露湿打了一双灵动的手，满怀希望地梦想成为山下水上异常浪漫的风景。如果我是个制伞的匠人，也会以为他是正确的，会把我的心思刻在他的每一根竹笺里，收放自如地，斜风细雨不须归。

以前的娘子，下轿前要用大红的油纸伞护着。这个情景更能让人联想起那个美丽的传说：我若娘子，君若许仙。女子的终身，怀着素洁的向往与坚贞的品格，不求天下，只愿头顶上常能遮一片雨晴。他定是能对我好的，因为我对他是那么好。所有的不好在这一天躲在最远的地方，幸福就像借了不用再还一样。

内心总是对自己说，伞是不散的，桥是不断的。

京剧《断桥》一折，最活灵活现地道出仙人的境界，一个终究是仙，一个终究是人。叫官人莫要怕细听我言：素贞我本不是凡间女，妻原是峨眉山一蛇仙。都只为思凡把山下，与青妹来到了西湖边。红楼匹配春无限，我助你镇江卖药学前贤。端阳酒后你命悬一线，我为你仙山盗草我受尽了颠连。谁知你病好把良心变，你不该随法海上了金山。妻盼你回家你不见，哪一夜不等你到五更天。可怜我枕上泪珠儿都湿遍，可怜我鸳鸯梦醒只把愁添。

细思量仙过得像人，人过得像仙。

平时每在草丛中碰到蛇，或在图像里见到，总是不由自主就想到小青的一句怒喝。蛇见了人的动静，或冷飕飕地相向，或惊惶一般掠去。人往往也是一身冷汗，怀着百千万的畏怕，像对它做了负心的事。

制伞匠人对这个爱情传说应该怀着亲近的感受，也是他们最初怀着悲哀戏谑的心情，精心编织的一片天地。一把伞下可以是一个人，继而可以是两个人，从一个人到两个人，三个人就要挤了，又须另一把伞，故事便一直可以流传下去。

不懂爱的时候去做了爱的事情，懂得爱的时候又失去了做的资格。

喝茶时，心思闲得无聊，写：云叩山下三秋水，士欠女子一寸天。听一首很美的音乐，江南之恋。歌词写得极优美：清风吹散，千古恩怨，断桥残雪，诉说浪漫，水乡红伞，烟雨缠绵，枫桥明月摇来客船。男女主人公撑着油纸伞，在画面里令人心动。忽而便落泪了。

后来听明白了这曲优美的音乐，本意是要卖东西的。

精美绝伦的油纸伞，伞面上花鸟虫鱼，假山秀水，亭台楼阁，世外仙境，天堂一样。房子里装的大多不愿让他人见，伞下流露的又多是故作情。油纸伞少了，爱情也少了，是因为爱情可以一直在伞下，而人们总是想住在房子里。

端详一把油纸伞，远比想念一个人生动。如果能制作一把油纸伞，送给一个人，又比借给一个人，意味深长得多。哪怕只是一把伞，从不在伞下有什么故事。油纸伞，与生俱来的情怀里，是来了，又走了。

慢慢地，制伞的人，也会忘记曾经有个传说。

梅 雪

　　梅雪的相会，因为冬寒枯残而格外隆重。

　　梅有着清奇骨格的意象，很多时候只存在于孤寂人的喃喃自语里，寄托世道上同病相怜的吸引。从秦汉六朝乐府，到民国还稍有些古典兴趣的高仿，天涯沦落，独善其身的长衫，行走在喧闹冷漠的朝代，山水之间，城楼旁畔。它是骨子里真正的贵族，执着月光下最清寒的花朵，面目清瘦，在不为人知的地方，淡淡地侧耳听着知音来未。

　　喜欢梅大多是因为品格，其实梅的品相不输于品格。

　　相对于梅，雪就是天堂里的花瓣，从遥远的太空一纵身落下。我们总是不敏感它的情感，把我们的情感附加在它的情感之上，附会成我们的诗歌。虽然科学证实了它无论怎样经历温度和高度，但最美的姿态却以最坚贞的态度保持着，而我们只看到了白。当梅在侧耳听着的时候，我们哪里会听到雪的声音，它的声音就像京戏里一句梅派的惊喜，在于无声处，令梅颤抖着沉醉于绝唱。雪此一唱，千山鸟飞绝。

　　这一场千古相会，世上多少失色，竟不在人间流传。

　　梅与雪在天地间的舞台上，沉睡后的一梦。春天的百花争艳，像十七八岁时春心飞过婉转的百灵，何惧落地成灰的狠。夏日的十里荷花富贵得引人入胜，采莲的手半天一无所获，心里装满了白藕。秋果枚累，夹着最后使尽气力的红叶，像吐出最后一腔热血，悲壮地留下一树江山。

其生如戏，到此就完结了。尘世上的事，没有挽留，只有轮回。

冬，是天地间另外赋予梅雪的九九八十一天。没有人打扰它们，甚至看过戏的人都走光了，它们才偷偷从一角走到舞台中央，安静占据了整个空间，刚刚那些繁华的过往，只轻轻一挥，就像没有存在过一样。言说，姐姐，画素我一支，结八十一朵，日染一朵，尽而春色至。回道，亦怕春色，近一步，消一分，朵朵是欲别意。

雪上梅梢，雪是梅花雪，梅是白头郎。

一刹那凡世流风落尘，而独梅雪精神。

梅雪皆清绝，幽幽生冷香。最温暖的是两颗冰清玉洁的灵魂相互靠近，而后一个看着一个先走，一个回头望着另一个不多。印象里每看到雪里梅，便有如听到私语，说着其实七分三分的时候。然而春色，暗通消息，说是亭前垂柳，说是桥下清波。再过很少一些日子，这个属于它们的季节就渐渐去了，一分也未有了。

梅雪同舞，对白念春风。春风说，你们是个童话。

今年你等梅

你身上有朱砂梅的香。

去年的这个时候，甚至说去年的去年，想见你一面是何样的难。本来就畏惧冬天的冷，拖着干巴巴的身子，像一根枯瘦的无花枝，不知道风在哪个方向吹。那些更远的时候，你落在唐宋人的身上，一点也不吝啬，更近的时候，志摩懂得你的快乐，是要落在有朱砂梅香的花朵上。你在唐宋是景致，在当代是情致，这些都只能在诗词里才能觅得见的香雪海，让我的冬日一日复一日地对比着更冷。

去年的这个时候，朱砂梅开了，你却未落；你落了，朱砂梅又不香了。梅没有开几朵，你没有落几瓣，仿佛是日子久了，互相消退了欣喜的神色，把相聚当作应酬。但我知道你一直在天上，你落在别的地方了，那些地方的人们猝不及防。我以为你以后，就要别离了，像孔雀一样向往南方。但我确实喜欢你的羽毛，我想，我得在你要落的时候，到昆明买一个院子。

如果真是这样，也就真有点意思了。东北的一对夫妇，说他们家的院子里，厚厚的白，女儿可以在里面花一样绽放，我就向往，甚至产生恨意：你可以落在北方，可以落在南方，怎么独独不落在中原。你轻盈的身子，滑过我迷离的眼神，空空地令我怅寥廓，梦里卷起千堆。

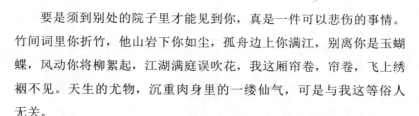

要是须到别处的院子里才能见到你，真是一件可以悲伤的事情。竹间词里你折竹，他山岩下你如尘，孤舟边上你满江，别离你是玉蝴蝶，风动你将柳絮起，江湖满庭误吹花，我这厢帘卷，帘卷，飞上绣裀不见。天生的尤物，沉重肉身里的一缕仙气，可是与我这等俗人无关。

所以平静地看着你落下，在窗外的黑夜里，在灯光里朦朦胧胧，童话一样。在温室里读书，关于你的句子一个也没有，因为我相信，明天的清晨，你就了无影踪了，你只是路过我这里，偷偷看我一眼。记得有一年，你能把细瘦的枯枝压断，发出的咯吱声令我突然联想到自己脆弱的神经，当时正拥着被子，在床上读红楼，孤独地回味着那个朝代的你，为一场诗宴增色。现在依然孤独，但已经不再寂寞了，就好像那枝梅，错过是错过的诗。

醒来的时候，闻到了安静的气息，安静得像整个人埋在土里。打开一扇窗，你在窗外扑面的白，陡然使我浑身一颤，感动得要湿润了眼。想起去年的这个时候，埋怨你来得迟晚，来得轻薄，来得虚假，来得不成字句。如果是你看到了才来的，我则应该羞愧，你的洁白像纸笺一样等待着书写。我却一个字也吐不出，因为当你真的来了，天籁都必须要寂静无声。你到来的时候，人们好像都知道，又都默契地不言。

一些月季还在残红，你在花朵上冰雪晶莹。大地上生长的未必全是花朵，你落下的也未必全能寻到朱砂香。这个季节于你，就是芭蕾舞台，你踮着脚尖的姿态就是花朵开放的宏大。我还没有看到过开放在冬的舞台上的这么大的一朵，世界在你的花心里，闻到的安静的气息，肯定是你花朵上的朱砂香，你千万年一点一点积攒下来的香，虽没有朱砂的色，却比色多了更辽远的空。

你深厚地堆在我行走的所有地方，我陷在其中，完全失去方向。

沐雪记

当你稀薄的时候，人们在你身上寻找乐趣，当你深厚了，人们又都消失得无影无踪。我也是这样，当你没来的时候，怀念你，当你来的时候，不敢看你。

冬的季节还没有到的时候，你就先到了，梅还没有开，你在梅朵上融化成泪的情爱，怕是一生都难见到这一刻的销魂了。

去年，梅等你，今年你等梅。

一卷香尘

　　柳如是的诗词，淹没在江南迷离的山水画里。四百年前的一叶伎舟，游荡在水上，漂泊在人间。受着压抑的人泛滥江湖，非常世道里的非常举动。灿烂云中锦，上着双鸳鸯。黄鹄飞已去，鲤鱼何时将。歌伎期待爱情，莫不如谪官期待重召。从某种意义上讲，游妓如谪官。

　　谪官以图东山再起，柳如是图的是什么呢。柳如是图的是爱情。爱情是平等的，若是不平等了，就有了层次之分，她要的是如鱼在水，相濡相归。她在刻舟求鱼，鲤鱼何时将。歌伎能有爱情吗？歌伎每日里弄颜欢笑，阅尽男人的龌龊，应该对爱情看得更通透与清淡。柳如是的浓烈，有些令人始料不及。

　　从河东君初访半野堂的画像上可以看得出来，柳如是有桃花相。桃花得气美人中。柳如是作诗，喜欢用一个气字。也正是这个气字，使小女子有了大丈夫的品格。所活不过四十九，竟有半生为复明。大明没有给她什么，她给了大明一股英雄气。

　　柳如是的诗篇里，最喜欢的不能忘记的，是那首咏竹，甚至认为比板桥还要高一筹。"不肯开花不趁妍，萧萧影落砚池边。一枝片叶休轻看，曾住名山傲七贤。"构思之绝巧，格调之清新，七言乃至独绝。我从不拿如是当伎来看，这个富有爱国主义精神的女子，在命运

沁情記

多舛的封建土壤里，毫无顾忌地追求着她的爱情理想。

柳如是为两件事活着，一个是她的国家，一个是她的爱人。松江才子宋征舆与柳如是分手的具体情形不得而知，推测大约宋只是个才子，而没有气度，从后来通融衙门以有伤风化驱如是离境就可以看得出来，宋自私而无公，是才子中的最下境界。柳如是断古琴七弦，以示决裂。

柳如是骨子里是个诗词大家，虽为伎身，所见也尽是风流人物，明末江南的才子佳人，也能一眼看出文胆。深夜江上，水声汩汩，白宣纸上，情何以堪。柳如是纵然披着个伎身的名声，也丝毫没有伎人的媚态，好像她根本就不是伎，而是江南的作协主席，在为反清复明挑选适合作讨清檄文的作者。

陈子龙兵败身死。钱谦益先降，后柳如是携其一同反清。历史不是某一个人能扭转得了的，柳如是尽了一个男人都可能会退却的责任。柳如是拜谒岳武穆、于谦祠。海内如今传战斗，田横墓下益堪愁。自从替凌后，几人称莘卓？真是脱尽红闺脂粉气，吟成千古浩荡诗。娶柳如是这样的人，男人须有出世入世并济的功力。

而爱情对一个女人，特别是对柳如是这样的女人来说，如燕唾血筑巢。爱情是柳如是短短四十九岁生命里程中，张扬着自由与美好的旗。与那幅相府下堂妾不同的是，这幅旗上绣的是爱情不朽的篇章，香而不艳，绝而不俗，神话一样，编的故事一样。

上帝左手关门，右手开窗，柳如是在窗里看到了陈子龙。柳如是作情书《男洛神赋》赠陈子龙。她爱上了陈。陈的境界明显高于宋。如果不是陈抗清身死，柳如是与陈子龙的佳话将会动人一生。陈子龙同样极爱如是，诗词唱和，江南动容。这一曲爱情评弹为大厦将倾的半壁江山，注入了稍慰不平的温暖。

而爱情对于封建家庭，往往是个不稳定因素，真是悲怜。南园那

段时光，梦作怀人二十首：

人去也，人去凤城西。细雨湿将红袖意，新芜深与翠眉低。蝴蝶最迷离。

人去也，人去碧梧阴。未信赚人肠断曲，却疑误我字同心。幽怨不须寻。

人何在？人在小中亭。想得起来匀面后，知他和笑是无情。遮莫向谁生。

人何在？人在枕函边。只有被头无限泪，一时偷拭又须牵。好否要他怜？

……

死去的陈子龙，死得真好。活着的柳如是，活得真难。

一卷香尘，开卷是爱，掩卷是情。春溪上非花非雾，南园里锦字芳泥，虽未能白头偕老，却化神圣爱恋于永远。在这个社会急剧动荡、天崩地坼的易代之际，爱情的清词丽句更加对比出孤绝的无奈，大喜大悲的传奇，数百篇诗作围绕着爱恨芳菲悱恻。通琴棋，善丹青，识文墨的柳如是，再次沦落到无枝可依。

柳如是与陈子龙，人生漠寒里的偷香窃玉，冰凉岁月里的花痕月片。

六十岁的钱谦益，主盟文坛数十年，江南大儒。柳如是初访半野堂，便是寻他而来。在柳如是仅有的两次爱情上，她都是主动的，主动得那么自然，就像她对家国的风骨一样，认准了便不迟疑。幅巾弓鞋，男子便装，风采恰如一枝梨花压过海棠。

沉鱼记

然好景不长，清军南下卷来。钱的腿有些发软，成为千古遗恨。柳如是欲投水自尽，不成。钱给柳修筑的绛云楼，再也没有了往日的博文诗赋。日子啊，怎么如此不堪一击。最引以为豪的大义身边，最爱的人怯死向生。柳如是冷冷地回望天下男人，这天下竟没有男人。

此后的柳如是，把一腔热血付与复国，其行为如鉴湖女侠，倾尽珠玉，助饷义军；秘密联络，传递情报；亲赴海上，慰劳军师。哪里还能看出一点文弱的影子。大作家钱谦益，写起诗文来刷刷点点，行起事来竟不及一妇人。后世的文人，很多不如伎，后世的高官，很多不如伎，后世的男人，很多不如伎。

柳如是累了。爱国，国亡。爱人，人亡。唯一卷诗书，青灯拂尘长久。绛云楼的一把火，冲天红遍，无数纸片化作灰烬，还留什么。还留下些许记忆，凭作独自怅望的念想。

忆坐时，溶漾自然生。习适久华会，方意徘徊成。形影春风里，窈窕共一情。

忆起时，宛转月阶上。零妆斟意审，欢气自随向。神绪久难藏，因风托思想。

忆来时，金剪阁妆台。渐听玉摇近，遥知绣幕开。步难花砌稳，香隔翠屏猜。

忆眼时，锦帐下头边。凤钗伴憨夺，桃衫倚醉牵。为怜宛转意，红烛不移前。

……

四十九岁的道人柳如是，岸上有她的南园，有她的我闻室，有她的红豆山庄，有她的绛云楼，她从水路走向爱情，在岸上心如止水。然而每处她都居不长久，是因为爱情不能长久。短命的爱情，比任何一个短命的人还要短命。

倘真是不要爱情了呢，更能得闲情淡致，风度天然，尽洗铅华，而独标素质。

可爱情是谁也躲不过的劫。三尺白绫，向死而生。人世间的污浊，像一盆脏水迎面泼来。只道君死为殉世，难知君亡为痴情。后世人为掩盖爱情，把柳如是的诗词秘不发丧，生生埋在道观里的香尘灰下。四百年过去了，柳依然如是。

"花痕月片，愁头恨尾，临书已是无多泪。写成忽被巧风吹，巧风吹碎人儿意。半帘灯焰，还如梦水，销魂照个人来矣。开时须索十分思，缘他小梦难寻视。"这首《踏莎行》，八个字总结了她的一生：花痕月片，愁头恨尾。

奇女子为爱情半生，为家国半生，收一香囊爱恨而返，落一卷诗词前行。读柳如是的诗词，跟着她爱恨交加，荡气回肠，香径徘徊，情牵短长。女子柔身上一根梗梗硬骨，把爱情撑得饱满芳香，诗词里的千丝缠绕，把爱情网织成千秋传奇。

活生生的柳如是，一卷香尘，花痕月片，烟雨逐絮飞。陈子龙，钱谦益，皆是她的陪衬。南朝四百八十寺，多少楼台烟雨中。柳如是的青丝，在江南烟雨中飘逝，柳近水而活泛，水上才是她真正的家。絮是如是的爱情，在半空因风起，落不到一寸地上。

地上是没有爱情的。大墙里的院子，青石上的台阶，耀眼的大红灯笼，看似盛放着喜庆的爱情，在大地上招引着无数的轻薄男女，真正的歌伎。柳如是淡墨在纸上的那些不加修饰的园子、草木，看着就是能飘起来的衣袂。纵然大地上再肮脏，纵然柳如是再委屈，那些诗词伴着她度过峥嵘。诗词唯是她的安全法，不负如来，不负卿。

沙篱记

　　假若柳如是不近诗词，不惜爱情，也许能活到九十四岁。而她的诗词与爱情，已经活了四百多年了，而且还要一直活下去。诗词是她一个人的爱情。我们总想要两个人的爱情，这是多么不可能的事情啊。

沈园会

　　说，人世间的每个人，在一生中，大约可以有两万个可以与之心性相通的知己，只是什么时间能碰到，在什么地方能相会，就不得而知了。未知的总让人隐隐有希望与绝望。得一知己足矣，便是绝望的哀叹，因为叹者此时往往一知己也无，一声叹一声绝响。一个人的内心世界构建得过于复杂，以哲学来思考，以文学来抒怀。沈园的故事就是一个优秀的范本，有而不能，游人止步。

　　陆游当时就是个游人。青山绿水，野寺幽谷，饮于酒肆，歌于街市。这里的歌相当于哭了。自从休了唐琬，那些恩爱的日子，诗词唱和的时光，一去而不复返了。母亲是个比父亲还要父亲的人，母亲希望用他的软毫为陆家打下一片江南，而不是在女人怀抱里终老浮生。陆的母亲与孟子的母亲，有相同之处，于是陆游用软毫来软磨。

　　努力放浪形骸，以减轻诸事不利的心理压力。南宋的风雨在他头顶隐隐盘旋，他极需要躲到一个安静的园子里。两万个人里，陆游命里只有一个，沈园是他的福地，最后的一瞥，完成了爱情悲苦的涅槃。那时的沈园，花木扶疏，小径折幽，石山堆趣，门掩哗喧，他千想不到万想不到，对面惊呆了的唐琬，轰然洞开另一个沈园。

　　这是游园惊梦的另一个版本。两个人对面而视的一刻，惊涛骇浪，

沈园记

空白了许多年的记忆突然复苏潮涌。两个人在一起生活的那些日子，草长莺飞，思乱如麻。琬儿大约怀了一些恨，提衣裙转身而回，把个陆大才子晾在沈园的阳光下。阳光剥掉了陆游的外衣，他浑身发抖，在爱情面前，有多少阳光也不如深情的目光。而那一转身，也是惊天动地的华丽。

如果陆游同样一转身，世上也许就没有了钗头凤，沈园也许不会因一词壁而回光返照。陆游真该转身的，唐琬在那边的水榭上与相公浅斟慢饮，正享受着他们以前的生活，如果心或一动，填词赋诗，也是她的快乐。可怜的陆游与可恨的陆游合而为一为可爱的陆游，他躲在花叶后面向那边张望，撕心裂肺。唐琬那边的酒，也因了陆游，饮得无滋无味。

怪谁呢。怪哪一个都不忍心。陆游的软弱与南宋的软弱一脉相承。虽然，他有着报国的志向，他不怕死，但在爱情面前，他的妥协无疑是城下之盟。中国的男子，少有清纯的爱情，往往要复杂到混沌里，混沌是个圆，而后自圆其说。

唐琬的那一转身，意思是放下了。放下的痛苦比放不下更痛苦，陆游的是失之痛，唐琬的是得之痛。唐琬的命里有两个男人，陆游是个致命的男人，他所有的好在沈园化成一柄利刃。多希望陆游转身走掉，到南宋的最北边战死，死在唐琬前面。转身而回的唐琬把不期而遇的万般委屈，打个包封存起来。陆游在她心里，使劲儿藏着，放这里不合适，放那里不合适。

然而毕竟都是过去的事情了。陆游转过身，在沈园的壁上题了一阕钗头凤，算是给唐琬留下的忏悔，写得风情万种，引人浮想。国是残山剩水，爱是悲欢离合，从此可以挥一挥衣袖，北上前线，西走巴蜀。爱国诗人陆游，此刻犯了一个极大的错误。该转身时就没转身，不该留词偏留词。伯仁非我所杀，但伯仁因我而死。这个词成为画在沈园壁上的一柄软刃，静待着唱和后的萧肃杀。

　　第二年春天，唐琬再游沈园，看到陆游的词，再也转身不得。写字的人已经不知何处了，曾经的沧海漫得无边无际。细读，唐琬的几句比陆游的更让人疼，因为能感觉到死亡的气息。

　　相思是可以死人的。万个人里，总有一个可以致你于死地，唐琬偏偏第一次就碰到了。抑郁而终的唐琬，为一首词付出了全部。如果没有这首词，世上少了个叫唐琬的女子，多了一个安宁的妇人，应该更好。陆游也许想不到唐琬会死到他的词上，换句话说，其实是死在了精神的寄托上。陆游可以有好多事情可干，而唐琬只有一件事情可干。

　　沈园几经修葺，面目渐有新貌，其间多少风雨，竟没有刷掉唐琬的绝笔。浪迹天涯数十年，又回到沈园，独徘徊。垂垂老矣的陆游，已成放翁，是放不下的放呢，还是放得下的放呢？不过人已成翁，爱恨人早已魂归泥土，老先生沈园面壁，唐琬儿地下有知。

　　"城上斜阳画角哀，沈园无复旧池台。伤心桥下春波绿，疑是惊鸿照影来。"这是《沈园怀旧》里的一首。一个孤独的老人，此时除了忆旧，还能做什么呢，这个沈园，也是他的葬身之所啊。他此时的发呆，与游园遇唐琬的发呆截然不同，上一次是惊呆，这一次是痴呆。痴呆是很可爱的情态，在人间，人嗔些，贪些，全不如痴些可爱。呆的时间长了，恍惚就睡过去了，梦里依然沈园。城南小陌又逢春，只见梅花不见人。玉骨久沉泉下土，墨痕犹锁壁间尘。醒来记下这些，老眼角里，浊泪欲滴。

　　放翁终还是放下了，因为他也要死了。明知要死，身就轻松，再蹑沈园，春光明媚，脚步轻快，心性盎然。是知道将要与唐琬相会吗？有时不得不承认，爱可以让人生让人死让人生不如死让人死而后生。如果老才子在第一次游园时就有这样的放达，这首诗完全可以替代那

沙筛记

首钗头凤：沈家园里花如锦，半是当年识放翁。也信美人终作土，不堪幽梦太匆匆。

沈园不圆，沈园甚远。

对月记

　　不知道是不是年纪渐大的缘故，对于中秋这样的节日，一点一点没有了兴致，也许是一年复一年过得疲乏了，总之，谈起中秋，只觉得是一顿好些的饭，能有多少人围着吃就高兴多少人围着吃，如果全是自家门里的，好像才是中秋的样子。吃食上不再是困难的时候，过中国的节就少了许多盼头，但中秋这样的节，又有一些浪漫的气息在里面，附带的有些趣味，比如中国人对月的那种描述，完全可以让世界认为我们应该是第一个登上月球植的桂树。印象里，只要是一入秋，月就像是要出闺阁似的，大大方方地，那时候过中秋，想的不是有多少精神上的享受，但精神里却自然留下来刻在记忆里不掉的月香。

　　而近些年来，真是能见到月亮的时候，屈指可以数来，实在是少得可怜，所以一说到中秋，突然就觉得恍如没有一样，内心里竟然不激动，一点条件反射也没有。所以也不会记起去年的中秋，是个什么样的状况，好像只是在街上如我一样许多麻木笑的面容里，称上一些包装看上去很好的月饼，一家一家地送去，简单得只剩下一个礼节，而回忆起来，只是称月饼时候的服务，笑得有些甜味，这样的甜腻，让我害怕中秋一天天地近了。

　　如果月亮的阴晴圆缺，真的能有感应，那也只是自然界的事情，

沐月记

我们早已从自然里脱离好长时间了，甚至好多时候，不知道怎样抬头看天上这一轮能与地上潮汐互动的高悬明镜。月和我们中间有了太多的隔膜，雾一样缥缈在空气里，如夫妻的七年之痒，彼此一下子的距离，能以光年计。有一年的中秋，那时我还是个未婚的男子，在一个山里朋友家借居，时候恰好遇着中秋，在山的夜道上，一个人独坐，头顶唯有的那月，稀薄得像是小人口里化到最后的糖片，我仿佛能从这面看透她的背面，晶晶亮亮地裸着，此时我的欲望就是没有任何欲望。与月对应的太阳，冷暖这样的感受，只要皮肤不迟钝，即刻就能知晓，而月亮，始终靠的是一颗与之属性相近的心灵，才能成为它地上的潮，潮起潮伏，无论是对月抒怀，还是望月对影，同呼吸，同命运，天涯共此时。

月在这一日的晚上最圆，花却是渐渐凋落，这一日的挽留，伤感的意思其实最多，天上宫阙寒，人间思饱暖，中秋月的圆真是又一场缺的别宴，这样的饯宴，让我害怕中秋一天天地近了。

"中秋"这个词，最富有诗意，中秋的诗词，写得妙的，意都在言外，所以我想，中秋的言外之意是个什么。如果没有中秋的诗词，就和中秋没有月的清照一样，会是索然无味的，那些五味的饼，也会陡然失去神色，成为俗物。千里共婵娟，共的是一个婵娟，我多想看到各美其美，有一千个一万个婵娟在我们各自的秋的季节里舞着妖一样魔幻的不同。我相信，中秋的月终究会成为这个节日最重要的演出，她的出场是给予温情最靓丽的回光返照，是赐予所有观众最醇厚的琼浆，谁醉的如烂泥，谁就能倒在她怀里。苏东坡是一个，张若虚是一个。还有不醉的，不醉的里面，我知道一个叫作沈尹默，他在月亮之下写诗，是这样的：霜风呼呼地吹着，月光明明地照着，我和一株顶高的树并排立着，却没有靠着。这几句短诗吸引我的，是他独立自由的思想，这是发表在《新青年》上的一个新文学史上最早的新诗作品，

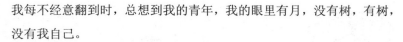

我每不经意翻到时，总想到我的青年，我的眼里有月，没有树，有树，没有我自己。

谁面对月亮时都能有心中的诗句，而能有一句是自己的，该是有多难，这样的难过，让我害怕中秋一天天地近了。

中秋还没有到，我就发出这样的慨叹，是因为身后有别样的事情，有未还上的赊欠的酒账。我是个俗人，人间的酒钱却也不曾赊欠，欠的是一身的情债，怕不是一个中秋能够圆上的。家人在我小的时候，跟我说，好男儿志在四方，白天走太阳，晚上走月亮。现在我虽然走得不远，时常也想不起来回去看看他们，有时就是突然想到，一闪念也就过去了，对亲人是这样，所以别的远些的，已远不如早先时那样亲近了。我在父亲面前说，中秋这样的节日，有没有，好像不碍什么。父亲说，这就是个平常日子，人用它来安慰自己的，是一个简单的仪式，是一顿好些的饭菜，是一句诗一样的呵护。所以，一年里，别的时候可以不回来，中秋与年节，必须要回来。

亲人们都这样一个一个老态起来，老态起来的他们，好像希望把每天都过成节。但我真的是，不愿让他们看见我的青春不再如月这样饱满，而去想圆满以后的或缺，这样的尴尬，让我害怕中秋一天天地近了。

残 荷

那一年夏天，名流聚在一起，公子写下朱华，彼一刻流水生动，绿波如是，可是公子知君，诗声传意。云水禅心里，风中采莲曲，水韵江南，是前世故乡。从写尽繁华三千里，远嫁北湖，流放偏僻独居，枕雨眠，照流年，依然风采独立。从此芙蓉有别名，何曾逊过十万青波上，千篇字句间，百种花色里。只为一种相思，能开尽平生颜色。

风流过后，不躲残山剩水。青不浓，红不艳，枝不挺，水不动，墨迹染过霜丝，枯残掩过浮生，安静地与此世决绝，把一声叹息，付于三秋。

何曾想过残的样子，把整个天空映得大惊失色。残便瘦，瘦骨亭亭，风又寒得如刀，要削一层一层的牵挂，削一层瘦一分，直瘦得倚立不住，这一枝要依在那一枝上，那一枝亦是把持不住，更依在第三枝。薄冰初结，乍然而裂，如筝轻弹，自成琴瑟，隐隐如抽如泣。亭上空空如也，四外了无人迹。

人迹都在楼堂馆所，那里锦衣玉食，迎来送往。人迹都在匆忙道上，那里熙熙攘攘，行色匆匆。人迹都在温暖乡里，那里家常丰富，自得悠然。荷是败了，谁还懂得在这样寂寂的日子里，把一大把时间用来欣赏枯残了的，了无生机盎然的老颜，悲伤了一个人的心思，影响了一个人的欢心，断了一个人的情句。

一湖残荷心似老，何曾不是另一春？湖外繁华，可是残荷身旁乱草罢了。

还有什么可以挂在心上呢。那经年往事里的风烟，荷塘月色的美，已经是人世上的绝唱。爱莲的公子逝去多年，采莲的手换过一双又一双。读过洁身自好的文章，阅过鱼传尺素的诗笺，历过春夏秋的明媚，默默风烛而残，荷生亦如人生。放下了便如残，不再撑如伞的大叶，不再开大红的花朵，不再受千百般赞美，也不再求湖光山色，做他人的背景。

于是可以远远躲着，把残身子蹈水，把枯意思象形。你看这残荷，竟是根本没有过青枝绿叶过的样子，仿佛生来便是如此，青枝绿叶的大红大紧，像是前一世托生的因缘，只为给这世上端一卷别样的轻愁，消化掉烈火烹油的热烈。静水素波作纸，残荷身子勾字，在水面上画一个对，画一个错，画一个分别，画一个相依，画一个冷淡人的冷眼，让懂它的人亦冷眼相对。

残荷，又何曾不是禅荷。问世上哪一个能在水中出落得如此勾魂，每一枝如惊鸿翩然于水天之间，令人不羡青春，不忆过往，相对亦成一残荷，水中岸上，观照枯萎。此时独然步其侧，何又不是一枝移步的残荷，而大地如湖，身世如湖，心外如湖，虽至残而又似刚怒放。如此，看人世间繁华，心如明镜。看人世间乱象，全在担当。看人世间冷寒，傲骨不软。看人世间流散，悄然歌远。

残荷的重开，对于水是万分庆幸的事。便如你我，你若重开，对于我便是庆幸的事。我经历过那么多故事，酸甜苦辣，人生滋味扰尽了劳累身子，麻木了舌尖味蕾，我以为我要残得再也经不起任何的人世风雨了。我真的没有想到我会走到你这湖边，看到一湖你的残意，一时竟然还有些不忍，甚至暗自惭愧不该令你的残在我的眼里大白于

沐荷記

天下，我是一个残忍的人了。却突然看到你的残，残后面微微笑着的忍。你的忍，是这个冬日里开放得最美的花朵了。

请让我赞美你的残而开出的花朵。你的花朵在这百花凋谢的季节，和着冷雨来临之前的风声，以萧瑟之躯迎接那一刻拍打的痛楚。你的花朵在这了无人迹的季节，蘸着雪花来临之前的浓墨，以玄色大放于空旷谁也揣摩不透的天地之间。花匠种不出你的姿容，诗人找不出你的绝句，情人道不出你的心底，画家翻不出你的新枝。先前那个公子，你未开出花，他的笔就已然秃了。

身影拉长在湖面上，与你的残交织在一起。抬头正对残阳，残阳大约最懂你，开在残荷枝上。

第四回

淇上·卫风

空 竹

夜晚到的竹园。月色如水，水色如月。水边的夜竟然是蓝色调的，烘托着一轮皎洁。竹园提醒淇水早些年间，竹子比树多，比草旺。现在紧缩成一个村子了，而村子亦只留了个空名。无一根竹，是个虚室。说得好听，实际上根本不是那么回事，于是幽静得叹不出一句。

只有几声狗叫。山不动，树不动，水不动。

住的是一个农家，说，常不留人的，也常无人求留。与家主人闲聊，说村子里刨出好多竹根，据考证的人说，这里就是以前淇水边竹子最盛的地方，妲己一有闲愁，纣王就带她来玩。家主人说的时候脸上全是笑意，像纣王跟妲己是他们的邻居小两口一样。

如果隐居，这里应该是不错的。隐者也只是留一个名。

村子前就是淇水，宽阔，平缓，秀石堆垒，水声若琴。只可供二三人过往的石桥，卧在水上，呈现在月光下。谁能把它画得这么像，好像一揭便可以揭下来挂到墙上。站在村子前，点一支烟，那边山尖上就袅袅生出雾气。

这真是个适合回忆的地方。

身边的一切全是在梦中，如果不是在梦中，那就是在仙境了。因为你若站在这里，身子是飘的，魂是飞的，怎么能想象得到，当年箕子顺着水向上，沿着竹林向上，愈向上骨头愈硬。如今没有竹了，贤们到哪里去高谈阔论呢。

按史书的记载，那时候就数淇水边的竹了，可以做许多有意义的事情。可以做成竹排，撑着去下游卖布。可以做成竹筒，取一筒淇水饮得酣畅淋漓。可以做成快板，敲打着编一段史话。可以精雕成笛子，吹舞许多清韵。可以削成竹简，写上思念的话顺流往卫水。

桃花朵朵，半山腰羞羞答答；春雨悄悄，打湿去几片青叶。

按史书的记载，直到明朝，淇水边的竹，还是最重要的植物。见过淇竹的文化人，忍不住作诗，写绝句。淇水边的人也背不下几句，但谈起竹，就怀着深深的向往，遗憾得像失去了最好的信物。桃花无竹，艳少了几分润泽；春雨无竹，落得一季惆怅。住的农家，影壁墙上，一团一团的绿，绿旁写几个字：淇园青翠。

如果现在这里还是满目竹林，或许便厌得不想呆了。有一个念想，以为停下来，它明天就会生长出来。竹的脆弱，比草甚多。只砍伐了三次，便绝迹了。那些唐诗宋词，成为唯一的证据，活在纸上。什么时候，竹园也没了，便可以坐在这里，长成一竿竹。

后人为了表达思念，庭院里植几株，水边植一丛。细弱得如青蛇，不禁风的样子，令人可怜。气节也没了吗？这一夜，在淇水边的睡意里，人在篁间弹琴，人在竹边悄然老去。

醒来，不知昨夜是真是假。绕着竹园寻竹，大失所望。水声如哭，无所适从，只能蜿蜒于一片石砾草霜。很想移一片竹子到淇奥，新月时钓取竹影筱风，枕凉，思幽，遂静。后来听说，水南岸的卧羊湾，刨出更多的竹根，粗大，浑实，与树没有两样。想想淇水一百多公里，修竹夹岸，绿玉荦荦，拱捧淇水之气盛势壮，一时如飒爽巾帼。然，这一切终归是葬入了漠漠黄尘，随历史化成风烟。

不知那盘虬的根系，可否驻扎于谁家的骨节。

沙鸽记

　　如今竹子在淇水边翩若惊鸿，雪泥印爪。亦有另一种叫苇竹的，生的两岸都是，但好像骨头软了。淇水的骨头，其实是不软的。竹的消失，大约是怀着不知所终的恨。

　　唯其不存而长存，于是思想如流。

鹤 影

　　最早关于鹤的诗意的印象，在红楼里：寒塘渡鹤影，冷月葬花魂。心凉半截。觉得鹤也是红颜薄命，任凭如何的清雅，出众地脱俗，终逃不掉一个孤字。也许正因如此，令人念念不忘。想象里鹤的叫声，天籁一样。天籁是什么样的声音呢，谁听过，上古琴曲。

　　总是愿意记得如意，而记不得悲伤。

　　淇水中游，鹤栖于南山峭壁。书里的话也如鹤一样，只是个影子。来往反复，轻易可见鹭雁野鸭，燕雀鸿鹄。李白王维，岑参高适，在淇上隐居流连，是人中鹤吧。苦无好诗，配得上一睹仙踪，作罢。

　　淇水自上游山间聚淌，而至中游平阔，水草丰美，沼泽纵横，山势渐缓而平原无际。打探村居人：可见得过鹤？说：有的，有的，只是未必来了便能见到。非俗物，不易迹。而常又想起时，直至到水边，往往有时间无心情，有心情无时间，不易行。

　　从朝歌城北高村桥头，顺水向西一拐，一忽就隐没在高岸下。淇水还有个最好的好处，岸边虽村落居多，但人影稀疏，仿佛都是在静悄悄地日出而作日落而息，于是水上众鸟嬉戏，俨如天堂。此处无峭壁，鹤栖何处。

　　鹤在淇水弯流僻静处，两只，水浅得刚没了鹤足。一只低头觅食，

沐鹤记

一只昂然舒颈。红顶，白羽，清瘦，沉稳。躲在远处，寻个角落，偷偷望着它们，欲想可以望得到一群。时而，一鹤起舞，水花清亮，白羽下的黑，片如浓墨，黑白分明，四野花容失色。

当年卫公，在淇水边浩浩荡荡地爱鹤，委实俗了。鹤不需要高官厚禄，大红大紫。鸣于九皋，声闻于野的，世人只喻作隐士，更是误会了鹤，抬高了隐士。

淇上村老人知鹤，习以为常。他道，你看淇水边，沿水写那么多诗歌，我只看得懂其中几句，一看到就记下了：且农且渔，非仙非俗。淇傍何有，秋鹤霜竹。老人一笑：觉得是在说我。

如果你待得时间长，就会知道鹤在什么时间出现，你寻个地方静静地等便是了。鹤一成年，离群索居，独自生活。离群，对于鹤来说，是再自然不过的事情，无须标榜。而离群的向往，是要寻一个与它生命息息相关的魂魄。它会在一个食物丰富的地方，淇水里的鱼类有六十多种，超过黄河与淮河，所以淇水边的鹤，生在衣食无忧的地方了。

于是起舞，尽情舒展它对异性的向往，表达对于爱情的理解，优雅得体。它不会去主动追着一只女鹤，撕心裂肺地，或者说窈窕淑女君子好逑之类貌似很有文化的调逗。它安静地在自然中等待着它的爱人，若是爱人来了，便迎上去引颈长鸣，对天发誓。女鹤低头绕颈，以示同意，再不离开。这个誓，只发一次，一直到死。

若是一只鹤亡，另一只则独居终生。于是你若在淇水边，峭壁上，发现只有一鹤独立，真可以吟一句寒塘渡鹤影。鸳鸯的爱情俗气，雎鸠的爱情轻浮，淇鹤的爱情忠贞。淇水边是个生长爱情的地方，各式各样的爱情，大多看到如意，最后暗含悲伤。

一个忠贞的悲伤，胜过一百个隐士的如意。

高村桥以西

雪花淹没了淇河。昨夜梦里就梦见这样的情景，早早就醒了。站在高村桥下，这个地方好多车来来往往，包括很有名的墨子。墨子最不该回车，他应该停下，听听对岸的音乐，欣赏淇河的妩媚，吟几篇卫风。淇河边的柳很通人性，会随着诗句起舞。

淇河是个让人停下来的河。

墨子回的桥，叫高村桥。或许那时不叫这个名字，他其实可以不回，可以顺着北岸如我，向上游而去。

向下游望，淇水弯曲的体态消失在白茫茫里，而乱石堆垒的阵势，像一幅浓缩的中国山水，左边无一人，右边无一人，风吹欲飘，天地一沙鸥。彻骨的凉。向上游望，目及所处碧水如湖，拍岸声声，咽语如人，水蓝得像起伏的玉。抬头看见两个人，一个抱着一匹布，一个羞得低下头，半天伫立无声的塑像。意识到是一个氓，向对岸女子诉说他的丝。

他们两个不怕冷。诗歌里的人都不怕冷吗？

天空灰蒙，还是要有下雪的意思，这让我很兴奋，想象到，一个

涉禽記

人隐到雪野里，萍踪全无，走几步，一回头，没有痕迹。这是多么美妙的事情，谁也不知道我来过，感动得想哭，哭也没有人看见，满脸雪花化成泪，在这枯索的季节，掬一把给这水。

水边蓬松的荆棘，细瘦细瘦，在雪岸边密一丛疏一丛。这倒没有什么，显不出生机的盎然，有意思的是，在我来之前，鸟们来过了。走半天没发现它们，以为冬天还没有过去，它们在很高的枝丫间，那些庞大的巢里。你看看，树木因为脱去了色彩而稀落，巢像墨的一大滴落在上面，树根的地方铺着雪。

荆棘下面发现了三节指的痕迹，这一定是鸟的，绕着来回跳。郑板桥画竹，胸里还需要先点画一番，它们不用，它们互相玩闹一刻，就在雪地上画了许多竹。如果独独有竹，还不是最奇好的，竹边突然印了几朵梅花，这是岸边村居里谁家的狗，比我先到了。我再次四望，安静得令人胆怯。

柳们在这个季节，像极了守寡的小媳妇。枝条拖着在雪地上画，深深浅浅，长长短短，风吹来叹息，风驻了寂寞。拿着一枝在地上写，想不出可写什么。猛然看见前面岸上，一个窑洞，就写：柳迎寒窑十八春。想到柳迎春寒窑十八载等薛仁贵了，上联怎么也附会不出来。柳迎春见了薛仁贵，没享几天福就死了。

突然悲哀地想，《诗经》会死吗？

脸上有点凉，雪花开始落了，这是我希望的。记得前面有个亭子，可以端坐一会儿。天很冷，在冷里能端坐，亭子就是个庙了。但没想到亭子边的石头上，刻着许穆夫人的诗。淇水滺滺，桧楫松舟。驾言出游，以写我忧。许穆夫人的忧与我的忧不一样，可我理解她，她离开淇河太久了。

离许穆夫人不远处，还有一块石头上刻着苏辙的望远。苏的就不及许穆的，一个是睹物抒情，一个是触景生情，情是生出来的才能扎根。河边一大丛绿草，真是惊奇，四面全是枯黄，这一丛绿得那么固执，还是水灵灵的，一边想着苏为什么不及许穆，一边急急地去看，脚下一滑，人趴在草旁。

雪花越来越大了些。走的方向是上游，河两岸开始有山的意味，更显我的渺小，白色迷蒙了的眼前身后。淇水的哗哗声远远近近，清亮如筝，隐淡如箫。淇边的亭子多，大约是游人多，需要休息，但在河边什么地方不能休息呢？记得那年夏日，钻到一丛芦苇里，坐在一块小石头上，片刻看见一只鹤从深处悠悠晃来，悠悠晃去，好像还打量了我一眼，亮了亮它纯白的翅，飞远了。

其实它全身都是白的。它是故意的，又是无意的，让我看一眼。

亭子是给谁准备的呢？亭子旁照例会有题诗吧。可这回没有，石头倒是有一块大的，上面有人用毛笔写着：隐者行道飞白鹭，居士参禅有……"有"后面的两个字，已经让湿润弄得模糊不清。亭子叫作风竹亭，果然是四面透风。雪花像箭一样飞扑过来，脸上麻酥酥的，再远些的地方看不大清了。孤零零地从亭里走出来，再看一眼"有"后面的模糊，觉得该是"野鸭"二字。

前面有一个大些的庙，里面有热水可以暖身，必定要走到那里。顺着风向，忽然闻到一股芳香，一定不是庙里的香火，也不是现代的脂粉，混着草木的味道，香气令人飘然欲醉，不知所以。往庙去的路上，河岸宽大起来，水在较远的地方出没。瞥见一块石上，刻着另一首：有狐。有狐绥绥，在彼淇梁。原来是它的芳香。吾于此淇梁绥绥，远方可有叹我无衣的人吗？

沙鸥记

庙前的河水，宽阔而又宁静，雪中殿堂，与水依傍。站在雪里，稀有地看见水面上一对鸟，叫什么不懂得，背上有红色与黄色的块状斑纹，交头接耳，一触一离，再远又是一对，在水面沉下浮上，叫声如笑声。呆呆站着，忘记了我在哪里。直到有人叫我：进来歇歇吧，风大雪大，莫冰了身子。一个"冰"字，古色古香。到殿堂里喝了些热水，与守殿人闲聊。门外雪花飞舞得更大，倒像催人的锣鼓点，要逼人上去梁山。

须得回返了，无人知来，也不必让人知去。与守殿人道别，披一身雪花折身而回，风雪夜归人。一回到河边，雪突然就停了，那么突然。风也驻了，驻得毫无理由。太阳从云里露出半边，红的，像红月亮，挂半只在西山尖上。心里就有些惆怅。

天黑得只能看见雪的白了的时候，回到高村桥。桥的一半隐在墨里，隐在公元前那时候。

淇淅口

从香磨村往上游，欲到万泉湖。想着万泉该是有多么大的壮观。问村上人：距万泉湖还有多远。说：二十里。顺着河道，拐过两个河湾，碰到放羊的，忽然像一片云飘过来。问牧羊人：距万泉湖还有多远。说：二十里。哈哈大笑，道：刚才走的那一段，算是白走了。

淇河上游的水小多了，也安静多了。

选了一条崖壁间的小路，走几步停一刻，倚在壁上看野鸭。这东西一对一对的，啥时候都不分开。远远看去，像浮在玻璃杯里的两朵菊花。大鸟偶尔掠过，分不清是鹤是鹳，就成了一个黑点。喜鹊偷偷躲在某一块石上，轻轻地左顾右盼，像在等哪个的约会。第一次见到一只通体蓝色，比鹌鹑还要小许多的鸟，在水边像个豆子一样蹦上跳下，嘴尖长，迅疾地扑到水面，迅疾地纵到岸上。

同行人说：可能是翠鸟。

我说：那我们便是两只黄鹂了。

转眼到了淇淅口。淇淅口，是淇水与淅水的交汇处。水在此处如泉，想下游那么阔美的画面，全在这上游的点滴。淇水自西南来，淅

浙游记

水自西北来；淇水稍大，淅水稍小；河滩乱石堆垒，小石潭左右逢源。妇女儿童捉蟹戏水，岸上酒家向晚生炊。

晚上要到万泉湖，此地明日再作久留。与同行人向西北顺淅水。天色渐暗，脚步加快。抬头一看，前面一坝，无路。几个乡野少年在草间玩耍，上去打探。少年极热情，说明了道路，前面便是万泉湖，其实就是个水库，但住的地方好像很少，不过可以住到寺院里，上面有个千佛寺。少年又说，只是香火钱，要比客房钱贵许多的。

上了坝，耳边一阵佛乐。坝上中间，一个年轻人盘腿打坐，身边放着一个小录音机，佛乐便是从录音机里唱出来的。此时天已经暗了，那年轻人像一块青色石头。

打扰师傅了，此地可是万泉湖。

我也是刚到没多长时间，不知此地叫什么，只知寺院不知人间。

寺可是千佛寺？

是的。

师傅怎么称呼？

叫我明光吧，光明倒过来便是。

明光师傅，晚上可否借宿？

当然可以，不过我只是个居士，须向我的师傅禀告一声。

放的可是大悲咒？

是的。我听着这个，一人独对这百顷平湖，心静如水。

明光师傅从哪里来？

我从洛阳来。我师傅说，这边有个坝，可以看一看，我也是第一次坐到这坝上。

我们回寺院吧。

叫作明光的居士，提着录音机在前面走，我们在后面跟着，山野间大悲咒飘忽如梦。走了一个小时，湖边忽然灯火通明，人声鼎沸，便是景区的热闹处了，好像城市的市中心。居士头也不抬，径往前走。千佛寺在前面，也是灯火通明，其状像星级宾馆。后来得知，这建筑原本就是个宾馆，游客稀少，佛就住下了。我不喜欢住在寺院里，不许这样不许那样，对我这样散漫的人来说，十分压抑。与佛没有十分亲近的缘分。

　　同行人倒是极喜欢这样的地方。晚餐吃别人的剩饭，蒸面，开水，面是白色的，里面夹一点萝卜块，无油，难以下咽。同行人吃两碗，我吃半碗。住的地方墙上贴着佛像，令人不敢妄语。同行人说，多清静，别乱说话，佛在。我说，该怎样怎样吧，佛早把我们看透了。第二天清早，吃粥、青菜，依然淡而无味。我印象中斋饭也是相当可口的，可能是斋师傅的心情不大好。

　　收拾东西要出院，说，无论如何也不出家的，不出一个月便能饿死。同行人说，你还是不净。我说是啊，昨夜竟然梦到一个女子，醒来忏悔了半天。

　　回到淇淅口。同行人背着一个砂锅，要熬些中药。用淇水与淅水交汇之处的水，在野外得天地之灵气。一边找石块垒灶，一边说，古代的名士，都是要服药的。同行人说，这药效定会甚好。灶台垒好，又去寻柴，抱回来，点火。两人坐在砂锅旁，对着面，这边火小了他吹，那边火小了我吹，锅里红枣枸杞，当归百草，煮的全是大地上的植物。熬好，倒在杯里，端着站在水边石头上，念：蒹葭苍苍，白露为霜，有人吹火，有人喝汤。

　　从淇淅口往下走，低着头，看见一块小石头，圆圆的青白色片石，

沙鸽记

上面两道黄痕交汇，一喜，拿起来，说，一条是淇水，一条是淅水。

已近中午，腹内连着两顿没有吃好，两眼直盯着对岸的酒家。涉水而过，在水中央，有人叫我名字，是个女声：你怎么跑到这里来了。一抬头，一个女子站在水中央的小石头上，进不得退不得。原来是一个熟识的朋友，好些年没见了。把她扶过去，打声招呼，她们一行人就走远了。对同行人说，昨夜的梦应验了吧，以后做风流梦，还须到寺院里。

淇淅口水上渔家。食客满。把一张方桌抬到水边。两碗大米，一个香椿炒鸡蛋，一条红烧鲤鱼。同行人不吃肉，我独吃了这条二斤重的鱼。吃完，说，我们都圆满了。

回到香磨，天色还早，在乱石堆上躺着，看天上的白云和半山坡的羊群。同行人还要再熬一锅，说这淇河水熬的汤，果然滋补。又去垒灶寻柴，忽然看到不远的水边，漂着一条鱼。用树枝划过来，一看鱼身上伤痕累累，像是与敌人搏斗受伤，最后气力用尽。鱼肚已腐，黄色的鱼子一团一团流出来。心里一惊，这是只快要生产的母鱼，怪不得拼命挣扎。

把鱼轻轻放在水边，用小石头块把它埋起来，上面一块一块垒起一个塔。塔尖上一块石头，正面写：卧鱼塔。反面写：人为财死，鱼为子亡。

这塔虽然不高，可与千佛寺遥遥相对。

香客到千佛寺必有所求，食客到卧鱼塔可以感恩。

过淇水

今人说淇水，总结出诗河、爱河的雅称，源自《诗经》里的《卫风》，再后来每过淇水的文人，常有文艺作品。

每忆淇水处，总不禁想起李煜的《相见欢》：林花谢了春红，太匆匆，无奈朝来寒雨晚来风；胭脂泪，留人醉，几时重？自是人生长恨水长东。

想念什么，又说不出，在纸上随意写：一春秋水。越看越欢喜，觉得跟命中注定一样，青梅竹马的欢喜也不过如此。忽而联想到李叔同的感叹，合在一起：一春秋水，悲欣交集。实在以为是淇水的绝配。

春秋悲欣，一水交集。

淇水卫风，春秋人作了几十篇诗。其实那个时候，在水边走走，就是后人眼里的诗人。

这种人，沿天下最干净的水，颠沛流离，不知何处为终点。落花溪流着芙蓉汁，柳梢头的月色洇红在津渡。唱几度夕阳红的人痛断肝肠，而，你要在我身旁微笑到老，写下青铜柔软，烽烟似炊。

恢复春秋，秦汉，断续的铜绿和残云，竹编的窗外挂着的桑叶，恢

沐鱼记

复失传的针线。寄给你，说这是可以避寒的，一千层绢啊，一千层绢。

所谓诗人，不过是在水边，说了几句我是这样想你的话。淇水边的女子，悄悄跟我说，离诗近一点，离诗人远一点。

南宋探花李昂英，隐居淇水。隐居起来，别人以为他不过是流落在水边。

于是自己赞美自己说：玲珑山瘿，搭飒野服。煮茗松根，煨芋岩曲。且农且渔，非仙非俗。淇傍何有，秋鹤霜竹。这首诗刻在出淇滨向西几里的淇水北岸，正是农渔相近仙俗难辨的地方。秋鹤霜竹，在许多地方都能见到。淇旁的不同，是见过春秋，而依然保留着对春秋不同的看法。

在一个污浊的地方赞美自己，须得有不能污染的坚贞。在一个干净的地方赞美自己，须得有再入污泥的从容。

春四月，流水绕桑园，桑田寻不见。板桥浮水，浣妇捣衣，敲一声，山谷应一声。一生就留这两声。头一声尾一声，远一声近一声，欢喜一声悲哀一声，清冽一声悠长一声。

有一天我们都老了，确实老了，老得要多难看就有多难看，水一样流过的年华，谁知道呢。我们隔着帘子互相打量对岸，你在我眼里，我在你眼里。外面奔走相告的人，说春天花如海。

这是谁家的桑园，可曾结义过春风。

这是谁家的姐姐，站在哥哥的凉亭。

夜宿桑园。山村寂静，晕月朦胧。水面如玉，月光如灯。坐板桥观流水，如灯下观聊斋人。流水似吐，私私耳语，又不知说的什么，只令人如堕五里雾中，忍不住浮想联翩到天上。

今日之流水，莫不是他日之云雨。清晨回忆，不过一草一木风月，一人一章笔记。

花盛为悲。

夏至淇边，花开渐如盛唐。蕊正千丝妙龄，弱不禁风，飘落在地上，就像在纸上书写一场伟大的花事。花蕊常作药引，笺上常作序言，片纸上眉目一动，人世间花草一生。不可在花前问花，不可在花前问人，不可在花前问诗。落在笺上为字，落在眉间为纹，落在风中为尘。那些惜花的话怎么能说得出口啊，你看看我一天比一天老的容颜。

作诗人常如花之一种。

入淇水湿地，逢散散淡淡的雪。春风将过未过堤，寒枝欲别未别冬。此刻，踏春人潮前的清冷，大红万艳前的雪白。片片飞羽，轻如鸿毛，再轻也得落到实在的地方。雪魂知其不能住，在人间风中化作霓裳舞。能听见雪花叹息，如一场春前梦，一杯明前茶。

爱惜这纯洁，又不能长久于这纯洁，蕊终有落，花总化泥，且为其覆雪，不去想也会难收。落雪是天地之间的最后一次拥抱，从此季节将轮回到新的重复，这一次相拥，无色，冰清，所有锦绣黯然，而清淡之气如仙。

澡雪成仙，如回魏晋山野。天上的琼宫，花树纷摇，人间最稀少的不是五彩的颜色，却是这县一样的花非花。随其潜入卫风，把一颗纷扰心理断，把一段回春梦消痕，隐成寒沙粒粒，静看世世之非非。

洙泗记

来年雪复如絮，佳人如意。

    桑园至竹园两村间，有一木制码头，破败得百年不遇。至此其平如镜，深绿成潭。对面一壁悬崖，不知登上码头者，可以去向何方散发。

第五回

江湖·夜雨

国 色

一

　　我在暮色的朦胧下悄悄流进大唐东都溢着彩的繁华里，洛阳城华灯初上的时候，恍惚间大街上到处是丰腴的妇人，强健的少年，一片片张扬的开放和坦诚，而楼堂馆阁，无不飘荡节制的喧哗和迷人的耳语，然后夜色渐浓，梦翩翩起舞，洛神在水边款款读赋。这是一个充满丰富想象的地方，大胆而热烈，毫不掩饰对你到来的欢迎，毫不羞怯你对于它的爱恋，就像牡丹盛放，一瓣一瓣裸露给你看，直看得你耳红心跳，却心无杂念。

　　洛阳的园丁是天下最懂得中原的启蒙老师，他们以河洛之水滋润丰厚的土地，在酣畅淋漓的繁衍生息中培植出面向四面八方的从容，点染透各种颜色的伟大，在富有的大唐东都炫耀生动的爱情。你站在大朵大朵的牡丹前，沉思你化身为其中一株，浓烈奔放地向着天空，你的影子在大地上刻画出内心的包容。所有的哲理此时土崩瓦解，无影无踪。

　　当年我在洛阳，少年不知花事。那时觉得我何其大，花何其小，如同要在东都觅得一官半职的流浪书生，目中无人。我不懂得赞美身边的美，直至今天，十几年后的今天，看到成片的牡丹仿佛第一次相见，姚黄、赵粉、豆绿、魏紫，看到曹植的风流，东坡的自得，居易的胸怀，叔同的决绝。牡丹是大唐男人们中间风姿绰约的公主，面目间含着丹凤气，如若是男人背叛了她，她便挥一剑过去，把爱情杀死。

<h1 style="text-align:center">二</h1>

接我的朋友，问：上面一个"明"字，下面一个"空"字，叫作什么。我道：一个尼姑的法号，一朵花的名字，一个女人的酥胸和一个梦想的开放。到东都之前，一个朋友问：牡丹里，最好看的是哪种？我答：野牡淡。回说，这个"淡"字，错得真好。

这还不是牡丹花季的时节，是开放前的隐逸，怀着淡淡的忧伤，这忧伤里同样怀着喷薄的向往。成片的牡丹植株枝叶绿着，一过眼并不以为它能开放出花朵来。枝叶间隐藏着花骨朵，紧紧包裹着，坚硬得像誓言。一枚一枚的花骨朵，还不知道开放的疼痛。你见过牡丹的花蕾在风雨中零落吗？没有，无论是疼还是痛，她都义无反顾。

她们的花蕾里，孕育着一个城市的未来，这个城市里的人对她们的开放抱着欣喜的期待。外地人在已然开放的花前赞叹摄影，极力搜寻出大唐以来的诗句配合此时的赏悦，但明显被花色淹没。牡丹仙子雕像前面一直有合影的人，合影的人，风度气色，比花逊多了，但乐此不疲。在花前狂欢的人们，内心亦怀着朴素的向往，但谁又能看到，各自内心的花朵。

那朵最好的，叫明空，究竟长什么样，可以挥一挥衣袖，让整个大唐变了颜色。

沐笛记

三

住的地方，叫盛世唐宫，洛水岸边一个住宅区。洛阳人骨子里大气，不拘写在脸上，举手投足是张扬自信，这生活的地方叫个宫，比叫个香格里拉、巴黎春天有神秘感。说，住在家里方便，对面是洛水，楼下是花园，想睡可以睡到日上三竿，想玩可以玩到半夜回来。朋友的父亲讲，关公的头其实是要葬在他们那里的，县令以为如果那样，每到祭祀时节，要给百姓找许多麻烦，于是做主葬到关林。听完便笑了，这个县令，与如今的县令大大不同。

楼下果然种着成片的牡丹。两个七八岁的孩子站在花里，轻轻地摸花的瓣，趴到上面闻闻，挥手叫他们的妈妈过来。体态娇小的狗，悄悄卧在花丛下面，得意地朝外面偷看，伸舌头做鬼脸。老年人在长椅上坐定，回味新闻里的国家大事，好像乾坤就在他们手里，几句话就能把世界上的事情说到根子上。

朋友家里，墙上挂着夫妻的婚照，在客厅里幸福地微笑。我说，我们那边，婚照都是挂在卧室里的，哪有挂在客厅里的。朋友说，挂客厅里别人才能懂得我们。朝另面墙一看，又挂着一幅，女主人背部的特写，背上是一朵鲜艳到极致的牡丹，令人倒吸一口凉气，说，若是让我一个人住在这里，恐怕夜里是要做聊斋梦的。朋友说，张扬吧，像不像你看到的盛开的牡丹。真想到别人家看看，是不是家家墙上，都挂着这样一幅。

朋友的父亲，六十多岁，喜欢诗词，看了他的一曲如梦令，便知道他懂花。真是意外的收获。

四

开放的牡丹，性格与李白相似。狂傲，不拘，热情，浪漫，李白最配红牡丹。以为白园是李白的园子，一问，是白居易的。白园坐落在龙门对面，白居易葬在山尖上，四周的碑刻，有许多日本书道家的赞美之词。白居易对日本的影响很深远，影响到性格里，日本人写字叫书道，中国人叫书法，道法自然，道还是不及法自然，于是能看出生硬来。

在墓旁的茶社坐下喝菊花，阳光从树间洒下来，微风吹拂，臆想白居易与另外八个老头子，大的一百多岁，小的七十多岁，面目沧桑地对坐着谈诗论文，望着对面的龙门佛像，心思装着佛像后面的一个大唐。唐三彩的生产已经遍及寻常百姓家，只用三种颜色就能描绘出一个琳琅满目的时代，于是他们像是端坐在一座窑里，火化出唐朝一卷一卷风格雄浑的血色浪漫，在龙门前的伊水边，倒映出远天无边无际的彩霞。

白氏的墓保存得相当好，只有淡淡的几炷香，也许是白氏后人专意带来的。游人并不去点香火，这非常好，诗人的墓园，最好少点人间的香火。醉吟先生亦好酒，酒些向前，想当年也可能亲手酿过牡丹酒之类，要不因何死在牡丹下，不惧他人说风流。先生墓志铭里：其生也浮云然，其死也委蜕然。来何因？去何缘？吾性不动，吾形屡迁。已焉已焉！吾安往而不可，又何足厌恋乎其间？

在牡丹花旁写下千古长恨，恨的对面便是爱。恨亦如歌，爱亦如歌。

浮游记

五

洛阳城因牡丹而辉煌壮丽，与牡丹一样盛开的还有遍布的寺院，使这座城市在花香里又散发着佛教的宁静执着。城东的白马寺最为悠久，唐代僧人在这里钻研经卷，这是另一场内心生长与开放的蓬勃，许多有名的高僧一边青灯古佛，一边花香四溢，营造着大唐长安恢宏的花园，他们，也许便是前面我提到的，最伟大的园丁。寺院里的牡丹，应是别有风趣的，只是《洛阳伽蓝记》里，好像并没有这样的记载。

知识分子大约嘴上说喜欢牡丹的并不多，梅兰竹菊更符合形象，又极宜令人同情风骨。明空令她冬日开放，她偏不，不事权贵，现代人依然做不到。又能开放得铺天盖地，张狂放肆，一点也不收敛，一开放便是高潮。如此，她反而是最清静的了。花没人多时，花便淡淡的。你想，我开便开，谢便谢，关卿底事？以前在洛阳时，看许多人蜂拥去看牡丹，就纳闷花开干卿底事，我与牡丹隔着一万里，哪怕天天在她身边。

闲的时候，到唐宫市场，去寻我以前生活过的地方。好在房子还没有动，是以前的老样子，只是无论如何都找不到当年的人了。那一对经商的夫妇，现在应该老了许多，记得他们家墙上，挂着一幅好大的牡丹图，如今想起来，也许真的家家户户全有牡丹的影子。而书生托物言志，实在是一副不如花的酸性情。朋友说，看花宜疏。我不同意，说看牡丹，还是满山遍野的好，淹没在里面，不在牡丹花下死一回，你怎么懂得如何活。

六

牡丹是没有什么花香的，所谓国色天香，是说香气的遥远仿佛来自天上。而国色，倒是可以直观地看到，很远就能看到。我是在回去的路上，闻到花香的，并且对花开富贵这个词有了更深的理解。与朋友聊天，谈到名利如浮云，一说名利便如浮云一样于我无用，一说名利如浮云来之则收去之则放，一说名利若浮云想时便来厌时便去。牡丹大片地开放，便是洛阳城的浮云。

这个古都有着无比丰富的故事，而一丛牡丹从始至终渲染着王城的背景，傲慢地在中原上独一无二。这是天上的霓裳每年一度在人间的盛会。她坚守着她的城，洛水与伊水是她的化身，她的怒放如行云流水，说你看你看，这是我最美时候的脸。请你像我看你一样看我，让我像你看我一样看你。

我又在夜色里出洛阳城，回头望去，东都繁华，不见牡丹颜色。人间霓虹，夺却千般妖媚，一座城如牡丹枯枝熊熊燃烧。再后一点一点消失在暗里，忽然悲从中来，觉人间若是少了她，全都瘦了。

西南慢

　　手工打印一册《大明宫词》的剧本带上，以备漫长的时间里聊以打发，大明宫里缓慢的情调，极适合在清冷的独处中咀嚼悲欢。开篇便是："据你奶奶讲，我出生的时候，长安城阴雨连绵。"第一次独自从中原腹地隐入西南连绵的群山，我想象阴雨一定是不可能少的，它使我的行程怀着一丝暗自的惆怅与未知的淡淡恐惧。地图上那里是群山，我愿意那里是一片自然的宫殿，到处可见清澈的爱情，可听到初恋一样的山歌，令我能够踱出一些诗意的孤独来。

　　火车是最慢的那种，节奏上的慢可以生出许多趣味，其中最大的趣味是无聊，无聊的最大趣味，又可以生出许多无际的空白。人生即如慢火车一样，走走停停，上上下下，当然也有快一点的时候，像慢性子的人突然地生一次气。夜半的时候我打着哈欠踏上这一列向西南的火车，没有睡意的人坐在窗户下望着黑漆漆的远方，好像那黑漆漆的里面，充满了美好的景色。

　　躺在铺上，说，去享几天清福了。沉沉地睡去。儿子在走之前，知道我要坐上一天半的火车，取笑说，没有意思的时候，你就查火车的声音。我说，火车的声音怎么查。他说，查一共有多少个"况且"。火车开始启动，听着一个接一个的"况且"。况且，况且，况且。真是哲意的火车，一边转折，一边向前。

清早醒来，已经进入湖北地界，火车在山们中间晃。因为慢，可以欣赏山头上的云，山间里的人，开始有橘子挂在枝头。山居的房舍像遥远的水墨画，轻轻地点染在一片接一片的苍茫颜色里，把它们安适得那么有境界，又怀着清高的意思，乐意着清贫。也许画里的人，多少耐不得清贫了，往山下城市里去热闹，若干年后再想清静，不知又能不能耐得住贫了。

目光正好可以斜着向上望见山头上的浓云，如江河一样的浪，如瀑布一样的帘，如细棉一样的卷。浮云如斯，气贯长虹，向下定笑人如蚁，车如虫，虽各有志，不得自由。车停一刻，细看窗外，原来一直下着毛毛雨。计算着已经直向西南两千多里了，再也看不到平原，再也听不到乡音。一些有民族服装的女子开始在车上走动，她们说的话听起来很轻盈，如果全都安静下来，以为是到了林子里，只听得画眉的鸣叫。

把一册《大明宫词》读完，天色又暗下来，至张家界。一个壮实的东北老头一直坐在窗前。他说他要到云南，彩云之南。他老伴很早就去世了，一个人过很多年，也动过心思再找一个，可总是不合适，碰不到跟他一心一意安度晚年的。于是一狠心，天天在外面漂泊，听说哪里好看就去哪里看看，身上时常装一个纸片，上面写着老家的地址，儿子的名字，联系电话。默默地说，我也不知道我会死在什么地方，最可能的是死在路上。

给他读一节话听："不知为什么，近些日子即使你不来的时候，我也总是对自己啼啼叨叨，尽是些属于过去时日的前情往事，大概是真的上了年纪，对于昨日想念的诱惑远远超乎对于明日的期冀，过去从未呈现得如此鲜活和具体，它像一件正在发生的事情，摆布着我今天的情绪和心境。"人总是要有一个伴的，我说，哪怕这个伴是个敌人。

况且记

　　老头黯然神伤，仿佛一下回到过去的记忆里，半天不能言语。笑着问他，有没有过爱情。他竟有些害羞，说谁知道爱情是个啥，但不过老伴一去，一个人的时候，才好像明白那么点意思，只是晚了。我脾气不好，动手就打，张嘴就骂，很长时间讨厌她，可现在就是想换换，让她抬手就打，张口就骂，也是不可能了。而后又悠悠地叹口气，说如今像个孤魂，如这民国的火车一样，闲晃着爱上哪上哪罢了。

　　凌晨和闲晃的东北老头告别的时候，我轻飘飘地立在贵阳的站台，漫天的雨丝像第一场雪，能吸到鼻孔里，稀稀落落的过客平添了他乡的凉意。老头在车上朝我挥手，我目送他远去，我好像看到了若干年后的我，在某一列民国一样缓慢的火车上，听着"况且"的声音，怀着大明宫里一样复杂的情感，在纯洁的大地上回忆往事，不知所终。

　　很喜欢出站口这个地方，便站在这里发一会呆，看看接人的亲朋，情侣们的嬉笑怒骂，困意十足的叫卖。接站的小伙子很快就来了，亦是困得不行，普通话说得极好，这使我们沟通很方便。没有来得及仔细打量一下这个城市，就上了开往毕节的车，他们说，要五六个小时才可以到，路上可以睡一会儿，可以看一下风景。印象里的贵阳，只是身旁一对衣着不甚新鲜的恋人，紧紧拉着手，在细雨里的墙角，相拥着朝站里张望，有种期待的紧张。

　　这便是西南了。车出贵阳不多久，群山扑面而来，又不多久，浓云扑面而来，车就像在云海里起伏，云在窗外一浪接一浪地席卷。能看到山的时候，又似一下到了桂林，一个个突立的小山包，独自守一片云，动画片里夸张的仙境，基本上就是这个样子。又一拐，很深的下面又有湖，水绿得如蓝，很怀疑里面有龙。他们说彝族人以龙为祖神，又很相通了。

　　毕节是个新城，不大，四处绿油油的，在山沟里显得生机盎然。站在酒店的窗前，不远便是山峰，推窗可及一般。听他们说，这边的男女喜欢在双乳峰上定情，是个很有名的地方，可以令爱情直教人生死相许，青年男女莫不向往。对同室的人说，对面山峰叫什么名字？说不知道。我说，双乳峰吗。他一看，果然是两个山峰，笑着说原来近在咫尺，饭后一定要去上面私订个终身。吃饭时问服务员，苗族姑娘说，双乳峰还很远的，你们看的，只是很平常的山峰，这边是江河的源头，峰多如乳，江河如汁。

　　不禁为苗族姑娘的回答感到灵秀活泼。西南的腊肉很有味道，与竹笋一起做菜，最家常又最有名，很吃了一些，仍不舍。只是北方的面条到这里换作粉，稍有些不足。饭后到外面散步，忽想到顺便买一下返回的车票，在路口问一位协警大嫂，我硬着舌头说普通话，努力令她听得懂；她也硬着舌头说普通话，努力令我听得懂，互相比划了半天。我买了票返回时，那位大嫂在路口老远就跑过来，问买上了没有。

　　细雨一直下个不停，但少有人打伞，也不见谁慌张，灯光映在湿地上，反射出另一个世界，人们像走在绸缎上。许多挑着担子卖菜的农人开始回家，许多情侣刚刚出来，一些孩子在路边做着游戏，听不到汽车突然的鸣叫和粗声的吆喝，也听不到摇滚乐一样的招徕，以及千百遍重复的《最炫民族风》。一直朝前走，一抬头，会是一个小山头，和沙沙的雨丝落在枝叶上的轻微。

　　感觉这就是清福了。这一夜把所有的烦恼放下，在静静的雨声里沉沉睡去。平时熬夜，日久不能早睡，胡思乱想，必脑子累到不能再累方能躺下。第二天醒来时，窗外放亮，但还是阴天。回味昨晚的梦，竟是与一个人在山间搭屋，栽桑种竹，也无风雨也无晴，不问世事，远拒亲朋，出家一般了。

　　西南的喀斯特地貌，应该最负盛名。在山里转到下午，到织金洞。以为不过是如电视里介绍的那样，只是有些奇怪罢了。一进洞，便惊

沙旅记

呆了，恍如进入海底，又如进入天宫。钟乳之奇，可做花做草，做人做佛，做字做画。最恨身旁无知音，不能指手画脚，吟诗填词。洞长十里之上，最高百米如穹，昨夜梦的福地，可是如此洞天。好多石亦化玉，好多玉亦成仙，好多仙亦如人，好多人立如石。有仍在水滴石生者，一万年长一厘米，此间洞中，不知多少亿年，我之生也，不足一滴。

洞深处，忽而有两条路，一路曰升官，一路曰发财。身边人皆往升官路上挤，此路上有灯光，可以明足下，看前方，光彩世界。发财路上漆黑，唯前方似有一豆灯明。洞外人虽忘洞外，入洞中仍念人间，嬉笑者说出洞便可升得县级厅级。朝漆黑路上走，走几步不觉身后有人，竟然有些胆怯，回头一看，吓一跳，苗族姑娘在后面跟着。她一身灿烂若锦，于暗中轻手轻脚。我说，只有我们是真想发财的。她一笑：做官若只为发财，何如直接发财。我说，灵不灵？她说，甚灵。我说，你怎么知道？她说，我每天进一次洞，便能挣得你们几许钱财，因此每进洞我只走财路。我哈哈大笑，觉有深入浅出的道理。

出得洞外，苗族姑娘说，这一出入，你们等于翻过了好几个山，这洞上面，可是背负着六座大山。洞外的演出已然开始，苗族与彝族的小伙姑娘们表演，每到热烈的时候，身旁做导游的苗族姑娘们便热烈地呼应，全然忘记了职责。她们脸上一直是带着笑容，这种笑容对谁都没有防备，她们拉起我们的手就像拉起自家亲人的手，唱着跳着。她们和他们，年轻、健康，跟谁都能成为兄弟姐妹。她们说，这是她们可爱的家乡，也是我们共同的乐土。

喜欢她们的衣服，还摸了摸，问哪有卖的。苗族姑娘说，想要真的，就在这里碰个月亮。问啥是碰月亮。她说，不远的山顶草原上，是我们苗彝族小伙子姑娘们对歌的地方，每到晚上，就到那里对山歌，对上的，就叫碰月亮，她停了停说，过两天闲了，我也要去碰碰月亮了，然后笑得合不拢嘴。就到山顶草原上转了一圈，因为还不到晚上，没有什么人，只有几个老年人在收拾东西，便说，你们是在碰老月亮吗？

在一个叫百里杜鹃的地方住下，这时候杜鹃花已经谢了，只有零星的还有开，有些淡了。天有些凉，把所有的衣服都穿上，远远地望着那一丛火，围着火所有的人转成一圈，小伙子帽子上的角，姑娘们摆起来的裙，在火光的映照下宛若盛开的杜鹃。这里的杜鹃，盛开时绵延百里，彩带一样。在木屋子后面发现有几棵还在开着的杜鹃，躲在一角像戏装里的冷俏人。只说走时采一枝带回送人，清早走时，想了想，只多看了几眼，转身走了。

路上听到一首歌：一座山翻过一条河，千山万水不寂寞，你来过年华被传说，百里杜鹃不凋落；乌蒙山连着山外山，月光洒下了响水滩，有没有人能告诉我，苍天对你在呼唤。问苗族姑娘，她说这歌的名字就叫奢香夫人，是我们很喜欢唱的一支歌。返回的路上，在一个拐弯处说，当年奢香夫人就是在这个地方跟她的丈夫碰到的，她们比试骑马，射箭，订终身。姑娘说，每一桩爱情其实都是一段传奇，这里的爱情，爱便唱出来，恨就说出来，有爱赴爱，有恨报恨，就像府里那个睚眦，因为懂得必报，所以不敢不真。

这便是高原上的爱情了吧，无论世事多么复杂，爱情始终是天上的月亮。这里在大山深处，阴雨绵延，鲜花盛开，见不了几天太阳，碰不到几天月亮，爱情如宝石一样，怀着专注和生死。中原大明宫里的爱情复杂而阴暗，所有的演出都是排好的剧本，而西南的爱情，一点也看不到，却好像处处都在弥漫着。把那本《大明宫词》轻轻放在杜鹃花树下，想着哪一天我要是成为那位东北老头，就来这棵树下找一找这复杂的况味，是否让细雨洗得纯洁了。

清晨再次醒来，已经从西南群山里远离了，思维重回，悲伤于再

沙漏记

次陷于清晰的生活。这仿佛是两个世界。突然开始羡慕那个独行的老头了，甚至后悔对他念的那一节话，希望他在外漂泊的最后，能在花下梦见他的记忆。若要懂得西南，只需懂得爱情，便全懂了。唯记得敬酒的她们，好像只知道把鲜艳装饰在身上，慢慢在蜿蜒的碰月亮的草径上，那一句撒着娇的无赖：喜欢不喜欢，都要喝，都要喝。

崆　峒

出平凉城西北，路好，宽，两边柳，皆左公栽的后代。阳光甚好，环视土山绵延，植物不丰，有些失望。崆峒山在哪呢。

山脚到山腰，有一段盘山路，绝不止是六个盘。师傅们猛，呼啸着驾云一样。平凉拍过一个电影，叫《遇见崆峒》，里面讲的是台湾的一个少年要来崆峒找掌门人学艺，跟崆峒养生馆的小女老板的爱情故事。台湾少年在这一节山路上，把好大的钱包丢了。

每到一个弯处都使劲朝深处的草丛里盯一眼，又失望地期待下一个弯。于是到了山腰的平台。平台就是很平很大的一块地方。人流聚集，吵闹得不行，吃的喝的笑的叫的，打电话的排队拍照的。

此处有两种树可看：一个是许多棵的白杜。阔大的黄叶，满目的小红花朵像挑着一树的小红灯笼。据说特点是明开夜合，白天开，晚上合。另一个是两棵巨大的松，高入云层，松下有石刻，意思是秦皇汉武到过此地。李白杜甫来，秦皇汉武也来，崆峒很有诱惑力。

成名的传说是某帝问道于某子。从平台往上爬，三百六十级台阶，叫天梯，中间可以到问道的院子里体验。瞅着一个接一个上天梯的人流，又壮观又害怕，呆了半天。天梯下有一条别的道，细小，冷静，便一转身，朝细小冷静处走。身后有人问：你咋不上天哩。

沙鸽记

　　这细小冷静的道，通向的是一个小观，独立在偏僻的一个峰上。观的名字叫作栖云，大小似一个农家院。红黄相间的色调，倒与青山相和谐。在观前迎风而立，能望到百里外的黄土高原，听得到民谣的欢唱。但此处是个安静的场所，一回头，从观里走出一个老太，灰黄的袍子，戴着斗笠，脚步轻得如落叶，只看到她的背影，闪入林间不见了。

　　观前有一方石桌，石桌上有刻画的经纬线，线上有散乱摆着的杏仁，能看得出，或许这石桌上刚刚进行过一局风云际会。再大的风云际会，也许只是山间几枚小小的杏核。数了数，十六枚，不知是什么高深的数字。

　　爬过一段很陡的悬崖，也就到了最高处。此山真的是不高，离尽兴实在是早得很。一对小情侣坐在铁索上，抱着说悄悄话。一对中年男女站在崖边，男的指点对面的风景，女的点头称是，给男人拍很雄伟的照片。有人静坐于草后微合双眼，似有所得又似有无所得，估计是诗人。别人说崆峒儒道释和谐相处，确是如此。

　　关于宗教的建筑，我基本是站在外面看看就行了，很少敢到里面一探究竟。自己总结是心里有鬼，不敢见神。最大的皇城殿，卖纪念品的排一长列，墙角一个穿道家衣服的老者，年纪有七十岁吧，胡子一寸多长，全白，与一个十五六岁的孩子讨价还价，实在是天真烂漫得可爱。

　　静乐宫里也有穿道家衣服的人。很远便能听到气贯长虹一样的大笑。欲坐到花池边专心听道家的大笑，那道家忽而朝我大笑：那花池坏了。我一看，果然花池边裂成了好几块，松动着，风可以吹得掉。静乐宫的建筑是完全的古建筑，欲拍个影，那道家又一声大笑：这里不许拍照。那道家的胡子，比刚才讨价还价的胡子，要长得很多，一直到胸前。

很早以前，看过一个关于崆峒派掌门人的纪录片，掌门人那时年轻，农家孩子，能吃苦，体格壮，人品好，执掌这么大一个门派。央视记者要求他展示一下武功，他就在崆峒山的某一片空地，施展了一下拳脚。记者说，也看不出什么来啊。年轻的掌门脸一红：刚才我让你们退到一丈开外，就是怕掌风碰到你们，出什么事。把北京来的吓一哆嗦。

　　我也不敢接近胡子长的道家，胡子是拂尘，大笑是风云。远观便可以。买崆峒山矿泉水两瓶，滋味好，应该是泾河的源头水。这崆峒山虽不高，但植物丰富，如果不是人多，还能走得入迷。香山山头上有藏经楼，介绍崆峒的由来，地质的构造，风景的传说，比如西来第一山之类的极高的评价。然而最让崆峒成天下名的，还是黄帝问道广成子，就是天梯中间的那个院子。

　　别人是上天梯，先问道，我是下天梯，不问道。平凉人一再交代，一定要问道啊，一定要问道啊，你来一回不问道，便做不得李白杜甫，成不得秦皇汉武。怕平凉人不高兴，便从天梯中间一闪，进了问道的院子。黄帝曰：请先生赐予我治国的道理吧。广成子道：不见积云就想下雨，不见秋叶就想飘零，世上哪有这样的道理。

　　回平凉城，平凉人果然谈起问道的事情。说问过了，道其实就在一个很小的院子里，院墙都不须有，一个空院子。但平凉人竟然不知道院子的一角下面，从洞里四季皆流出一股清泉，直落到泾河与胭脂河的水里，水声与风涛相似，不细听不能分辨。

　　出平凉城西北，积云落雨，秋叶飘零，正是得道的好时候。高速公路从崆峒旁过六盘山，回望崆峒空空洞洞，窗外漫卷西风。

古　渡

　　出市区，本就不拥挤的车流忽然就不见了，连个招呼都不打。空而远的公路往前方一直延伸。生出一丝淡淡的惆怅，夹少许恐惧。路两旁无尽的田野有丰收过去的迹象，形象上如很多纪律散漫的边兵，自由而狂野。

　　这地方太空旷了，前不见古人，后不见来者，可以像一个流浪者一样，肆无忌惮地打量天空与大地，随意地贪婪。

　　然后就望见了满野的苇啊，满野的苇。野苇遍布在大河滩上，淹没水，淹没黄沙，淹没一部分天空。这哪是诗里的温软样子，哪里是隐藏偷情男女的私人会所，分明是要迷了你的方向，打乱你的脚步，阻止你的前进，无声无息地置人于死地。这个地方，有个好听的名字，叫月牙湖。

　　白杨聚到一起，成片的白杨林。生得直，直通通向上，心眼也直，树干硬，好像全身都是骨头，抬头挺胸，收腹提臀。在这里约会，应该是西夏男女较好的选择。男的策马而来，一个漂亮的弧形，从马背上跳下顺手把马缰搭在鞍上，马也懂得主人，悠悠地向白杨林的另一个深处。女的或许早就躲在一棵白杨后面，暗暗注视着后生，端详他与白杨有多么相似。

对面便是渡口，一过河便可远走他乡。

如果没有远走他乡，渡口就失去了伤离别的意义。大河上下，多少渡口，迎来送往，悲欣交集。人多密集的地方，车马舟楫，通商贸易，生机繁华，自是引人向往，亦成大镇名流。而此处黄河弯过，野滩十里，黄沙漫天，野渡无人。如果到河那边，必须得有重大的事情发生：比如皇帝来了，扎下人马，要建功立业。比如佳人来了，到对面嫁人，续写传奇。普通人过千百遍渡口，渡口只是一个渡口。

黄沙古渡的沙，衬得古渡的古意更辉煌许多，更兼有骆驼们慢慢地在上面游行，不屑与人交流。沙往高处堆得数十米，水在沙旁广阔数十里。沙枣树在沙与水的中间，低调地结一些红果，看水面上黑压压的雁，掠过去，又掠过来。

鸿雁开始向南方了。站在水边听，有琴声的悠扬，有琴声的忧伤。站在渡口边望，对面有一个左腰悬刀，右腰挂琴的影子，迎着风口浪尖坚定地走来，又决然地回去。渡口这个地方，作为走来回去的时候，饮酒作乐的地方。

古人在这里写一些诗篇。在苇子铺满大河两岸时，爬上沙堆高处，酝酿睹物抒情，这里实在没有什么好抒的情，从天上到地下有几样东西用指头便能数得过来，丰富的情感突然像被堵住一样，痛苦万分。

环视四周，可以看到前人散落的酒囊，以及越坠越大的红日快要躲到贺兰山的后面，恍然大悟地对身后叫道：快拿酒来，快拿酒来。庆幸于看懂了渡口，这边只一个方向，那面有万千个出口。大漠孤烟直，长河落日圆啊，来的看上去是直，走的其实是圆。到渡口，总以为对岸有昭君。昭君的意思是，莫在渡口盼我，我在那边很好。

流落他乡是一件有意思的事情，可以重新思考行走的意义，因为不具备太多的条件，所以这样的思考简单而有趣。如果处在一个更加简单的地方，思考便可以直达大地与天空，人生或许渐渐自由而狂野。

沙鸽记

渡口是天地之间经过多次谈判达成的通道，你可以过去，也可以回来，可以不过去，也可以不回来。

这边是月牙的湖，那边是银色的川。

见薛涛

巴山蜀水，于我就是这一篇商隐的绝句，闲适的心境，惆怅的意味，隐忍的隔绝，浪漫的想象，含泪的微笑，凄凉的幸福。

江山如画，委实胜过绝妙丹青。清早，天色迷蒙，近旁水色碧玉，忽然就想起屈原，一纵身扑将下去，再不离开那两边的岸芷汀兰，渔歌互答。此丹心汗青，是江山最得意的神采，一直在荆楚传颂。

夷陵的秭归，是屈原的老家，唤其归来，更名作秭归县，县城在三峡大坝旁，遍山养许多脐橙，一年三季，一季比一季好吃。昭君的老家也在这里，李玉刚扮王昭君：终归心似箭，却万里关山阻断。青冢望，明妃难再，不见去年燕。

此刻云雾迷离，人在水上，如悬半空。搬把椅子，斜倚船头，看西陵峡如今万亩如塘，滩多水急的景致再也见不到了。这江山镜花水月，葬了才子，送走佳人。

千米之上，神女削瘦，仪态典雅。峰下不远便是神女溪，曲径通幽，两山夹浪，似可透露早年间的峡谷模样。峡上生神女树，树上生神女茶，一二叶泡五六天，明黄暗红，卖茶人说可以美容养颜，不论她说的是还是非，有个好容颜总是令人爱戴。有好事者，说要给神女起个好听名字，有人说叫天仙，有人说叫黛玉。身边人问我：给神女

沙筏记

起个名字吧，会有好运的。我说：叫姐姐吧。

一直在甲板上站，道：天黑了。旁边人吃吃笑道：哪里是天黑，分明是巫山云雨来了。抬头一望，头顶三尺处浓云遮天，似压顶而来，云山又浓在一处，浑作一团，云水之间，已无立脚之地，令人慌，令人乱，令人不知所措，令人失魂落魄，寻不到人在何方。雨从云间落下，谁在头顶往下洒水，仿佛就是爱人终久不见，忽而会面，泪从散发间滑下。无声而滂沱。

对人说，得巫山云雨，欲哭无泪。甲板上忽然就没了人。冷笑道，可以更大些，让不相及的人躲得更远。

这才是真情的巫山，懂得云雨相会，并非像诗词里那样简单。一个"等"字，从一分一秒，到亿万年，才是巫山神女削瘦的全部意义。一直离了巫山好远，还倚在栏上回望，虽然什么也望不见了。第二日，才知昨夜，白帝城过去了，夔门过去了。这两个地方，过去就过去吧。白帝城让水淹得只剩了个小山尖，更孤了。夔门很壮观，是入川的门，天府之国，门自然不能小器。

水上没有晴日子，有也是片刻，晴光潋滟，远峰缭绕。又下午至丰都，上岸观鬼城。刚还是晴天，未及鬼府前庭，大雨瓢泼而下，与巫山的雨不同，丰都的雨狠、重、凉、疼。一干人哆哆嗦嗦，先自被打了一百杀威棒。丰都山上并不大，但各个鬼府都紧凑。过奈何桥的讲究，人人都不敢走错步，不让回头绝不回头，不让抬右脚绝不抬右脚。丰都的鬼，造得都很可爱，没有面目狰狞的可怕模样，淘气鬼的屁股又肥又大，让人摸得又光又滑。

最后是十八层地狱，油烹火烧，割耳掏心，锯腿砍头，凌迟处死。看来，鬼也是跟人学的，人不坏，鬼亦不坏。便昂首阔步出了地府，心里无鬼，眼里鲜花盛开。

至涪陵，弃船登岸，带几包榨菜。一路上吃菜，红油油的，总怕上火，川人说，没了辣子，川人不知如何做菜。午至重庆，游磁溪口古镇，稀奇古怪玩意甚多。吃火锅，啖一大盘黑豆腐。服务员长得耐看，与我以前的四川邻居面相相仿，在店口招迎客人，与服务员攀谈，温和得体，看不到川妹子的辣味。

一个人独自往望江公园。一进门就望见园角偏僻地方，隐着一个丘。快步过去，见墓碑上刻：唐女校书薛洪度墓。墓四周万株翠竹，掩映其间，冷静森然，悄无声息。一片竹叶滑落，如闻轻叹，惊人一身冷汗。顺着墓旁石径踱了三圈，在墓后侧的栏上坐下。一个游人也没有，多好。生前枝迎南北鸟，叶送往来风，多热闹，又多冷清。死后独居一隅，十样全离，多冷清，又多自得。我在薛涛身边守了半个小时。

折一竹枝，在青石板上写：看你来了，什么都没带，只是把我从三千里外，带来了。

沐浴记

绝 色

从彰德路高速口进入夜幕的时候，看了看时间，晚九点半。回望安阳城，万家灯火，光辉灿烂。不知道能在前方多远看到月亮，因此忽然涌上一些感伤。今天是中秋，此时是中秋夜，不知月亮躲在哪里。我想去看看她在什么地方，她是否今夜怀着如人间一样的悲欢离合。

打开音乐，沧桑的泣音沙哑而磁性：我骑着马唱起歌儿走过了伊犁，看见了美丽的阿瓦尔古丽。

独自笑了笑，心想总不必真要到新疆，真要到伊犁吧。听着对远方姑娘的倾诉，朝窗外的天空望去，仿佛伊犁就在天上。耳边伴着车轮的沙沙声，朝黑沉沉的西域驶去。偶尔有一辆闪着灯的车从后面追上来，又唯恐我追上似的呼啸而去。

太行山在黑夜里如一堆铁块，一闪而过的小镇，灯光不宏大，精致得像床头的暧昧。虽然没有半点月的消息，心情却好了许多。朝小镇说了声晚安，便没入黑如浓墨的夜太行。

上路的时候，认为路上一定会有许多同行者，不必担心空旷路上的落寞。也许还能够与陌生人坐下来，分享寂静道路上遇见的缘分，诉说见不到月的惆怅，或者豪放地在夜里把自己想象成，在人间不受待见的诗人。

但一过林州，路上就只有自己了。两旁的山势在夜的掩护下，开始峥嵘起来，我知道，下面的悬崖很深。下一站是平顺县。过虹梯关。到河南山西界，停在站口，朝不远处亮着灯光的房子张望，希望门一开，能有一个人走出来，聊几句中秋。

失望地看了几个夜的山头，山头上空空如也的天空。也许今夜的中秋，是真的没有月亮了。

今夜的中秋，有几个人在真正牵挂月亮在哪儿呢。

从平顺到长治的高速不通，要走县道。在平顺入口只看到一辆大货车停着，四周死一般的静。点开导航，平顺到长治四十公里。夜十一时。呼吸了一阵凉风，快快地叹，平顺也是无月的。此刻平顺城的灯火很寥落，像一个村庄。如果没有什么太多的想法，这个时候正适合进入梦乡。

离长治绕城高速入口不远，是一条林荫道。风吹秋叶，阵阵如雨，又兼各具形态，时而变幻，或者如神，或者如人，或者如鬼，或者如坟。一个人在这样的夜路，手心里出一层汗，竟有些后悔无端地出走了。好在很快望见了大片的灯光，到了高速入口，长治东。松一口气，像是从绝望中得到些希望。长治东入口在夜半如一张虎口，冷静地期待着。看了眼导航，下一站是壶关。壶关，壶关。有关必险要，关山应有月。古贤长风几万里，持剑过玉门，何等的豪气。便是壶关同样无月，又如何不去。

若果真一夜无月，奈何。

若果真一夜无月，无可奈何。

无可奈何又将如何。

无可奈何又能如何。

沙鸥记

不能如何又是几何。

能知几何的唯有黄河。你看，黄河就是个"几"字，是问不到黄河不死心者，这是几？

自己问答几句，哈哈大笑，道，今夜不会真的到黄河吧。

然而月亮突然就挂在头顶。是在无意中的一抬头，是在无心时的一张望，她的突然让人一阵慌乱，心一颤，车不听使唤。壶关啊，壶关。慢慢寻到壶关服务区。服务区像是废弃的园子，充满聊斋的气息。几棵高大的树，大片纷乱的草。更远处一点昏黄的灯，让人怯意顿生。夜极凉了，入骨。披上外衣，泡上一杯普洱。壶关的夜空蓝得闪着寒光，月色漫散的光让蓝反射到地面上，刹那间恍惚在月球上，壶关服务区的一切又像是在月宫里。

月亮，从小也见，未见过这么大的，未见过这么白的，未见过这么圆的。离自己又这么近，如果稍有些欲望，就能从她里面看到，自己的不洁。半躺在车上，透过前窗望着咫尺明月，茶香散淡，如与千载知己彻夜长谈。天地间是静止的，山不动，水不流，风不吹，树不摇。

与之对视，万般深情，鼻子一酸，竟落下几滴苦楚。

四十多岁了，今夜才见到这么好的你。也许，今生也只会有如此一夜，你好好看着我，我想做个梦。

秦时明月，汉时关。这是秦时明月下的汉时壶关。夜空再不是夜空，是比海洋要深的，微微起伏的水晶，温情的清凉的碧色，令我站在这蓝里，如一粒微不足道的深蓝琥珀里的秋沙。这时候，目光比白天还要望得更深远，望见远的山高低错落，黑蓝相间，渐渐围成天地间绝大的冰壶，令我在这壶里，如一枚沐浴过寒露的知秋的草。

今人不见古时月，今月曾经照过古人。

东坡、太白、后主、张继、子美、幾道、浩然，一个个从眼前飘逸而过，又隐入溶溶月色。这些让古时明月流传到今天的人物，在不同的夜晚望着同一轮明月，尝着百般不同的明月滋味，或乐或悲或怅或淡，天地与人生因一轮明月相遇，他们便是每个夜晚映照今人的明月。在明月下，万事不再繁杂，时间如此缓慢，江湖庙堂，阡陌远野，一动不如一静。在明月下，耳聪目亮，千言不对万语，酒觞最爱茶盏，斗转星移，风水轮流，一静不如一动。

夜风渐起，秋后肃杀。诗句里的凭栏而叹，又怎唤得起人世上的相惜与顾。明月啊，秦时明月，壶关啊，汉时壶关，多少个夜晚，借你之明，关窗密谋，城府云雨；借你之亮，杀伐征战，血染子袍。将军与士兵在同一轮月下，明枪与暗箭在同一轮月下，生命与生命在同一轮月下。家与家在同一轮月下，国与国在同一轮月下，世界与世界在同一轮月下。

诗人啊，你笔下的明月，是应该作为镜子，鉴得失的。我们，总是拿来化妆。

今夜是中秋夜，是团圆的夜。一年三百六十五个夜晚，你都在，却只有这个夜晚，你最明亮。你的明亮，是告诉游子你快回来，是问候故园是否依然，不要忘了根在哪里，不要在外迷了方向。但，为什么我没有在故乡，我没有在亲人身旁，为什么我一个人偷偷跑了很远，越过平原又越过山梁。为什么身子在侧，心在他乡。

我想问问你，如何把心灵得到安放。

万里深蓝的天空上，月亮没有任何遮掩，她是这个夜空里，没有彩云，没有星辰，没有丝竹，没有欲望，没有任何陪伴的光明。这是对我千百里向往的等待，还是安抚我一路追寻的长望。不，都不是。她是在对我说，肉体上的衣服是给他人赞美的，灵魂上的衣服是给自

沐鱼记

己掩饰的，夜晚是给人脱去肉体上衣服的机会而顺其自然，但只有脱去灵魂上的衣服，才能够观照天地，自由往来，把绝色平淡于绝境，把人世悄然于另世。

真能如此，古人也是今人，真能如此，今人亦是古人。

古今不过是同一片深蓝，明月何曾变换过容颜。明月无声，其言不音，恍如耳语，又似催眠。我在月下什么都见不到，什么都能见到，这是最好的安放，这是最好的人间。

醒来时，是让冻醒的。凌晨两点。月亮从中天，开始向西空移去，很慢，慢得像长裙在地上拖。让我送送你吧。慢慢跟月亮向一个方向移去。你知不知道，小时候啊，见到好看的姐姐，总喜欢叫月亮，后来渐渐大了，见到好看的月亮，总喜欢叫姐姐。

忘记了这是在山中行路，几次差点朝向悬崖。人世上的音乐若即若离：一眼望不到边，风似刀割我的脸，等不到西海天际蔚蓝，无言着苍茫的高原，还记得你答应过我不会让我把你找不见，可你跟随那南归的候鸟飞得那么远。

边听边跟着月亮走。月亮忽然就隐到云层里。世界仿佛戛然而止。

山西高平。高平是什么样子，怎么高怎么平，看不到。人像在大海里飘，身茫然不知去向，心却豁然开朗。当我再看到月亮的时候，倒吸一口凉气：红月亮。

月亮红得如一轮要喷薄而出的初升的太阳，红得又不艳，温暖的红，胭脂的红，羞涩的红，一低头的红，一滴血的红。为这红惊呆了。只听说在遥远的大漠，在大漠的深处，运气好的时候能看到红月亮。

在高平凌晨四点的大山里见到了，觉察到自己的脸开始发烧，像被人窥见了秘密。

红，是月亮含情的潮汐。红，是月亮下凡的回眸。红，是月亮内心的秘密。

我突然意识到，这里的高平，是春秋的长平，隐隐感觉到，我身旁流淌的，是长平前线丹河峡谷血如何浓于水的春秋绝响，如做梦一般的波涛的声音。望着如丹河水一样丹红的月亮，好像万千双眼睛注视着我的缓缓而行，我泪如雨下，怀念公元前太行里五十万生灵。

那一夜，你肯定如我一样悲伤。

怀着不可告人的秘密，注视着月亮的秘密，如此，我与她都没有秘密。很庆幸我们互相知道了对方的秘密，就好像互相掌握了对方的把柄，从此可以赤裸裸相见。这是一场天地间的对话。

从明天起，我将是干净的，哪怕，这个世界命令我像夜一样黑。

当月亮半红半粉，半浓半淡地隐到云层或者山峰间后，明白黎明即将到来。月隐去后，大雾突然扑来，导航信号失去，只能以最慢的速度，向未知的前路。把车窗全部打开，浓雾如云，在身前身后如溪水一样。

这是黎明前的黑暗，黑得自己看不到自己。车灯微弱如豆，心情倒似前方光明一片，能看清大千世界，能听到天籁清音。这是到哪里了呢。顺着匝道绕着曲线下了高速，看到橘黄灯光下闪着金色光的两个字：河津。

这里是渡口，前面就是黄河。静静聆听着隐约的，水的九曲回环。

世上莫非真有雾失了的楼台，真有月迷了的津渡。

从彰德路高速口回到安阳城时，是第二天的夜里，安阳城依然像昨夜一样万家灯火，光辉灿烂。夜空没有月亮的影子，但我知道她将一直驻我的灵魂里，无论她在没在我们眼里的夜空。也许正因为她的

沐月记

隐约，才能指引在人间我黑夜里的方向。但我走的还不够远，如果过了黄河，再往前，也许就是阿瓦尔古丽的，和天上一样的月亮。

我们与明月并不遥远，只隔着一个白天。

第六回

玄商·易难

客居洹上

　　洹水在古彰德城北缓了一个弓样的弧，弧内卧了一位叫作袁氏慰亭的人，每每闲行到南岸，特别是残阳斜照，心底就一阵杂陈：那一片中式配房那一个西式大茔，本地人叫袁坟，或叫袁林，一盖棺，论定他来路不正，也正如他不是嫡生，八十三天的皇位也不是嫡传，哪里能容得下你啊。

　　袁公让自己归到这里，私下揣度，定然不是那个第九房小姨太太的魅力，或是觉得上次韬晦得不够，成在洹上，败回洹上。袁公做客洹上，上一次是下野，这一次是下土，上一次意在钓国，这一次意在轮回，这块风水他是早看好了，后依韩陵，前吟洹流，名起养寿园，他是希望万岁的。

　　袁是河南项城人，与京师之间，洹上是他的黄金分割点。在银圆上看他的面相，在耳边听他的声音，就知他是个有中原少世界的，如自私小儿般只是惦记着鹿的肥瘦。琢磨他的字号，字慰亭，有东篱南山散淡气，又作慰廷，有出将入相王侯气，号容庵，多好的一个庵字，人前背后的庵里慢慢地品吧。袁林里无论什么季节，都很是清静，守门的哈欠不已，不像别处人拥挤的嘈杂。

　　看来袁公虽客居洹上，却是无暇读《易》的啊。许多事，都是易面纱里的难。

有句话，叫性格决定命运，或者说，性格即命运。渐渐人长大了，发现身上有些东西无论如何也不能从血液里剔掉，便是性格，其性其格，其命其运。若是换作与袁公别样的，心有窃国意，身无窃钩能，洹上这一个园子终也只是个园子；或是身有窃钩能，心无窃钩意，洹上这一个园子终也只是个园子。但恰这是乱世上的强雄，心有窃国意，并颇具窃国能，那这洹上的园子就不仅仅是治足疾的了。在他的一生中，洹上是他政治秀场上唯一一枚寄情山水的温和唇印，虽然是暧昧的。

公元一九〇九年，彰德府老城外洹上村太平庄，这一位能搅天的客，闲也听听老城晨钟暮鼓的淡定，文峰塔的倒影仿佛是他占的一个柔爻。回到民间的袁公，做客洹上的慰亭，暂别权位的野老，正好是知天命的时节，刚日读读经，柔日读读史，或者渔舟上唱晚，垂竿下钓悟，真的闲云野鹤，又哪里差得过真龙天子呢。这位袁公，却又是个下棋在乎输赢的，垂钓可以，我钓的是国，弄几个记者，拍一张蓑翁垂钓图，令媒介上发表，告诉人们：我是今作闲云不计程的人了，一转身，用剑在舟上刻：

> 百年心事总悠悠，
> 壮志当时苦未酬。
> 野老胸中负甲兵，
> 钓翁眼底小王侯。

而后暗自里讥讽：中国有几个男人，心底不羡慕做皇帝的，哪怕是一天。

常在远地望袁公卧处，洹水的那一弯弧，可不就是向南射的一张弓吗，他在弓弦正中，箭指南方。钓翁眼底小王侯，他没有把小朝廷放在眼里，他内心怵的是南方风气之先潮，青梅煮酒，谁是大泽里的龙，终究是云南那位年轻才俊的明眼人，把他送回洹上解梦。

应该说，在被清廷弃用的三年时光里，他在洹上度过一段难忘的时光，读袁公，一个是他的军队改造，一个是他对教育的尊重，治能与品格没有在他的人生中放大，对他是遗憾的，主要的原因，他不是个俗人，却有一颗凡心。

从袁林里展挂的图片中可以看到当时袁林修筑的进度，那些黑白反差极大的色彩阻滞了想象力同时也丰富了想象力，依照陵的形式排列的石雕马兽因为比例的缩小而气若游丝，墓前的西式铁门用的是好铁，铸的是好纹，中西合璧起来却那么显眼地刺目。按说，何处黄土不埋人，埋到哪里都是家，想，天下大势，浩浩荡荡，顺之则昌，逆之则亡，你是逆潮而动，这里的卦阵，你是走不出了，再看，原来你的园子那么大，现在都让气势的楼挤来了，你能说句什么呢。隔不久，你也能听到有人介绍你：袁世凯，字慰亭，又作慰廷，河南项城人。

你终还是个客啊。

羑里是一座城

记载上说：羑里，狱犴也，夏曰夏台，殷曰羑里，周曰囹圄，皆圜土。圜土，就是用土筑成的圆形的专门囚禁国家罪犯的建筑物。羑里称作是城，想来不是对西伯侯的最惠国待遇，万古臣纲，八十二岁的西伯侯，画地为图，图穷以后是一册卦，占卜的是心胸。

一个城囚一个王，这个城里，王的足迹踏遍，白日里走不出，黑夜里走不出，或操琴吟歌，或静观天象，原来这城是黑白相融互相交合的太极图。《史记》里记的西伯拘羑里演《周易》，说的就是这个地方，豫北的羑水南，汤水北。只是不知太史公做此记时，会不会想到李陵与鄂侯。所以羑里是一座监狱，囚禁的是思想，却泽生出思想，这是纣一定没有想到的。而《周易》能让许多人可以模糊地看到未来，却又不知《周易》看的是现在，那么清晰的一个卦图，我们全在里边迷着。

羑里现在叫作羑里城，圈起来的这一块地皮，毗邻南北国道，日日人欢马叫，人欢马叫的我们南来北往，以为自己是在监狱外的自由里。

站在城门头上的西伯侯姬昌，笑了。这一笑消解了许多误会，

沐猴记

比如本来是座监狱如何非要叫作个城。城就是监狱。其实站在羑里城里的西伯侯表情是很严肃的，这是后人想象中的塑像，形象高大，有秦风，在中原的黄土地上，仿佛已然手中的是一册伐纣的讨檄令。用说明书上的话，就是：相貌魁伟，面容祥和，目眺远方，睿智深邃，可以窥见周文王胸怀韬略，富有政治家、思想家的气质和哲人、学者的风度。用文人墨客的话讲，譬如明朝的吕维祺：梦践太任，尺十殊异；惟善养老，以来贤智；演易羑里，事殷之至；心曾不见，三分有二。

我一直觉得这像做得不好，作为在监狱中完成一部天下大哲的王，他早已从王位上回到了民间，民间才是他真正的监狱，把一个王改造成一个高哲，他的形象在这座城里该是多么潇洒地高享着烟火；西伯出生的时候，说是有红鸟衔信，很吉祥，生下来胸有四乳，真是可以谓天下的独一无二的丰满。从远处看，羑里城里让一片森森古柏遮得如浮重的云，时刻都能落雨，比地平面本就高出许多的城基托得如一块巨大的舞台，这是要演出在人世间的阴阳离合剧。而它的四周，庄稼像有灵气一样生长得格外繁茂，好像完全不知它们破天荒地包围了一座城。

城里西北，立一座吐儿冢，说是纣王烹了周文王的儿子伯邑考做羹，命文王食，吐而成冢。我听来比司马迁的宫刑还要裂胆，司马迁为的是做史，文王为的是做戏，戏是又起的干戈，哪一幕都不出六十四卦的所料。于是再看文王的像，手里那一卷，写的是攻城与守城，胸是城墙，心在攻守。

第一次进入羑里城的时候，平原上一览无余的没有隐私感，突然被放进了卦阵的夹缝里一样，前后都是慌乱，如那只吐儿冢的白兔。据说，纣得知西伯演《易》，以其子伯邑考的肉羹试探，后伯邑考化身为白兔，在羑里伴西伯演《易》。许多人都只是站在远处，遥遥地望着那堆后人圈起来的土，反而好像他还活在那里，土上草丛里隐藏着那个可怜的眼睛红红的白兔。

周围的人们从来不捕捉它们，让它们繁衍，幸福地在这里守着，真的看见过一只，在那冢的旁边一闪就没了，给肃穆的园子划出一道灵动。我想，伯邑考在西伯侯面前，如果是这样的可爱，能不能突然悔无陋居乡野的天伦情怀。

到羑里的，有俗人，有骚人，有官人，有散人，有男人，有女人，有大人，有小人。城中有一个亭，中间石桌石凳，这样的亭有好几个，且建得一般模样，有些不精心。其中一个叫洗心亭，是预备拜谒文王的休停处，洗心，排却杂念，亭是个名相，未必能真洗的净，所以不重要。

俗人的杂务无尽，骚人的功名幽怨，官人的宦海凉热，散人的江湖牵挂，男人的担当轻重，女人的水袖长短，大人的身后凄愁，小人的眼前饕餮，哪一个在这里一坐，就能像西伯侯在演易台上呢？

演易台，草蓬式的顶，做的还有几许商周味道，文王像塑得还有几分人间模样，一个白胡子老头，坐拥在一丛细竹中，旁有一眼井不知有旱，一种我始终记不住的，别处不长只有此处才能见的好像叫作蓍的草，蛇一样能蜿蜒成半人高的一簇一团。

喜欢在这个像前徘徊，这个像远比树在厅堂上的要可爱得多，就想他这时是在推演，我是他卦里的哪一爻。而最吸引人的，还是羑里城外的周边，大大小小的卦摊，是附属在红墙庄严外面的幽默，这幽默在羑里城里也有，叫玩占亭，心有疑难，可以在此占筮。

人到这里，最后总是忍不住推演一下自己。人人都是一个纣辛，

沙鸥记

一个西伯，自己拘，自己演，别人无论如何进不了他人的城。平时应该多出去看看，在许多人的城里，走得到身外一个人的百转千回。话听起来易，往往一笑而过，知难而退。

殷墟问鼎

置身于这一片阔大的殷商王陵时，北方的萧瑟一次又一次抖动我的衣襟和思绪，洹水表层的流淌无言如无形的类似悬崖的引力掩盖着漩涡。三千年的烟尘墓道，呈现出与神话交接的玄奥，这是东方文化系统的神秘隐私，玄鸟生商的美丽传达了一个多么清纯绝伦的信息，而城南的那个现代不锈钢的雕塑则展示了谜面的丰富和深入。

我相信，我们的脚下都蕴藏着欲望，它一直呼唤我们向下挖掘，这是官方与民间考古者的共同责任，试图努力觅到正史册页间掩去的清晰和野史恍惚里点透的本真。我站在王们的中间，笑他们的天堂仍是一幅人间的模样，他们就这样欺骗了他们自己，并让我们得以满足偷窥的渴望以填充苍白的历史想象。

这里卧的都是王，王都是懂得治政的，王们说，这就是鼎。

俯下身子探望那些累累迭加在一起，散乱地活着又散乱地死去的人们，他们的身份像牺牲一样只是鼎的祭品。我们将他们与王们一同晾晒在太阳底下，但我们给王以王的待遇，给奴隶以奴隶的待遇。他们的白骨纵横无序地混沌成一团，他们的姿势还没有鼎上瑰美狰狞的纹饰能够吸引镜片后深邃的目光，在他们上面嵌着现代的钢化玻璃，人们可以步态优雅地在上面行走，然后叹息三千年前的残暴。

沙街记

他们，不，他们是以前的我们，是陪葬的奴隶。我们的人数太多，我们做的是多种粗活，那些他们现在看来精细到美轮美奂的粗活，我们干的粗活离王最近，我们自己距王很远。我们中间，有铸鼎的工匠，肯定有的，鼎者，国之重器，怎么能不需要我们呢。

目光向回扫一眼，那一尊昂然耸峙的司母戊大方鼎就轩昂地站在陵的前面。传说，禹收九牧之金制九鼎，上刻魑魅魍魉。魑魅魍魉，都是上古很厉害的怪力乱神，这是吓唬谁呢，似乎看到王们的窃笑，阴森森地骇人。传说毕竟只是传说，但鼎为国器却是真的，若不然，楚庄王不会冒天下之大不韪问王孙满周鼎轻重，秦始皇不会令千人于泗水河畔捞鼎。鼎，可是王们的印信吗？查殷商于世，兴衰几度，迁都不止，而这一片王陵却是如何也迁不去了。鼎，可是王们的话柄吗？

这尊鼎，应该是所有鼎里最温柔的，它是司母戊。许慎在《说文解字》中一语点明：鼎，三足两耳，和五味之宝器也。也就是说，类似于今日的釜锅之类，妇好那里的三连甗，也类似于今日鸳鸯锅之类，这样把鼎解构到它的真实面目，却是连自己都不愿看到的。为王自己的母亲而做的鼎，奴隶们做起来，只不过比平日做香炉之类麻烦一些罢了。

许多次地在想象里还原这个少见的温馨场景，但每次都以失败而告终，不知道记忆中是否对这样的形式有天然的拒绝。看看这尊鼎吧，其制于殷商后期，高 133 厘米，口长 110 厘米，口宽 79 厘米，重832.84 千克，立身，柱足，方腹，饰饕餮纹，腹内壁饰"司母戊"三字。王给自己母亲铸了一口鼎，刻上铭文，甲骨文，这是最先进的文字。因为有了文字显示出强大的文明实力和智慧能力，在《帝誉》中又是劝又是拉又是威吓，让不掌握文字的奴隶们随着他们的占卜跃入镕炉，铸造出一个九州方圆来。

在这一尊复制的大鼎前驻目，揣摩它虎口里的人头像，杂技一样精美背后的恐惧。看鼎旁陈列的划出殷商一道灿烂文明之光的器物，骨针、玉簪、石具、陶瓷、青铜箭镞，他们的生活笼罩在另一群人的光芒之下。殷亡而周兴，鼎迁于周，还是王孙满那句话，德之休明，鼎小也重，奸回昏乱，鼎大也轻。

公元1939年豫北平原的暗夜田野里，一声金属碰撞的脆响兴奋了一群民间考古者的神经，这个绿锈斑斑的硕大器具，其沉重程度令他们诧异万分，当时没有文化人在一旁指点，鼎被锯掉了一只耳朵，这是一个唯一可以告慰那些生死来去赤条条的奴隶们的动作。鼎的出现无疑给当事人和后来人制造了无穷尽的麻烦，这个食坛和祭坛上最贵重的青铜工艺制品，这个用来记事碑刻样的文明传承者，因其独具的精神而被赋予无上荣光的器物，引导了一个又一个宏大而又纷繁的悲欢成败，那么多阴谋阳谋萦绕着的可是它吗？那么多战争与和平祈祷的可是它吗？

置身于这一片阔大的殷墟王陵时，北方的萧瑟一次又一次抖动衣襟和思绪，树叶都落成秃顶，草都褪尽了绿色，这是个墟的季节，这个墟上的鼎，是心头一凉的辐射源头。案头有一只可供把玩的司母戊鼎，它的比例过分地缩小使我对它产生了温暖的美感，偶尔在它的里面盛上清水，放进几枝时令的鲜花，让它古典的光辉映照一些生活。然我知道，让大的小起来，是件多么不容易的事啊，于是面对殷墟上这尊凝刻了王朝代言的活诏，我仿佛突然间才明白，青铜是青铜，鼎是鼎啊。

妇好钺

　　我的女人妇好，葬在商王朝的政治中心，你们现在看到的，立于她墓前的那一尊汉白玉雕刻，简直和她生前一样活鲜，如一尾鳞光闪闪的鱼。

　　她手里执钺，你们看她是女将军，我看她是我的女人。我有六十多个女人，只有这一个，我亲自为她守了四十年的贞节。一抔土下，是她的宫殿；一抔土上，是我的宫殿。许多后来人都想知道为什么我生活在她的坟墓上，你们认为她是我最爱的女人，我生活在她的坟墓上就是生活在爱上。当然这是无可争辩的事实，但我内心深处还有一个意愿。

　　我是个王，从我以后的王里，再也不能找到像她一样的妇好，像我一样的王，我们有爱，三千年前开始，现在还爱。她像她父亲一样的英武，而且俊秀，而且在沙场上能点兵，而且在翠柳下能抒情。当我，武丁，一个怀着中兴之梦的商王朝的执杖者，当我将她的父亲的鲜血祭祀在拼杀中时，我看见她，一个名字叫作好的女子，眉目间的神色软化了我的青铜戈，是说，为什么。是啊，这是为什么呢？年轻的我是个王，王的存在就是达到目光和思想的远方。王是版图。我在妇好面前低下了必须为着一个王朝昂着的头，我好像潜意识里已经知道，我们两个是一个版图，一个朝。

我娶了这个叫作好的女人，我从她的眼神里知道她懂我，她会成为一个好女人。新婚的那夜，在举世无双的青铜光泽辉映下，我问她：你会因为你的父亲而恨我吗？她说，你是一个王。我在这个时刻，明白了王，不仅仅是版图，比版图大的，原来是女子的心胸。

我前前后后的六十多个女人啊，比版图重要一万倍。但这并不意味着我将去学习在甲骨上刻画文字而不是在征战中开疆拓土。新婚之夜令我这个三千多年前的王第一次突然有了浪漫与责任，这在之前是不可思议的，之前我仅仅是个战争的机器，一个武丁。

是好这个女子，让我在爱意中沐浴了先王们也没有能够赐予我的商颂的最高境界，使我对手中掌握的至高无上的权力重新得到诠释。虽然，这没能记载下来，但妇好是明白的，因为我们融合在了一起。从现在起，好就叫妇好，是我的女人。我喜欢女人，我喜欢妇好，所以从来不必要讨好女人的我，开始研究玉石，研究女子们身上的饰物，我甚至从遥远的西域把配得上她的美玉奉献给她，成百件地让她装点出商王朝最美丽女子的独一无二。

她把我的爱意一件一件地珍藏，然后说，你是一个王。

我听到这样的话，虽然是同样的一句话，但在我听来，与先前大有不同的味道。她是我的王后，她没有把与我的恩爱置于花的前面与月的下面，而是置于商王朝最巩固的根基与最繁茂的枝叶上。她说，那些玉，是王的腰间一点，王若是在乎这一点，顶多是个玉，非王。她说这些话的时候，商王朝的四周，大大小小还有二十多个方国，商王朝这尊鼎，还不是九州方圆。我知道，妇好的意思，她就是玉的那一点，我也知道，其实，她最有资格做一个王。

国之大事，在祀与戎，她的智慧足以沟通人间与天上的迷信，这是人间的神职，是无冕之王，我的女人啊，上天不能让你做有冕的，但你在我身边，可以做无冕的。我真的不希望，你和我一样持戈在黄土漫漫的征程中有任何的闪失，我们挥舞的是原始的冷兵器的刀锋，每一次亲密的搏斗，血液不流在白天，就流在黑夜。你想做你自己的王，这在我们这个时代，是多么地不现实，我隐隐感觉到你独立的阳刚。

　　如果你不是一个女人，你肯定是我帐下最勇敢的先锋，但你是个女人，战争是男人之间的游戏，烽火是男人心中的欲望。我于是给你封地，让你在自己的领地上掌管一切，我想这样你满足了以后，会写像《诗经》上的民间爱情一样，把我写在诗上，刻在甲骨上，你有这份才情，也有这份蜜意，你想我的时候，从你的封地来，我想你的时候，到你的封地去，你是独立的，我也是独立的，你我是相通的，你我是不痛的。

　　而我真的不知道，你在你的封地里，为我想着商朝第二十三代王武丁的艰难。你的钺打造好了。

　　钺，是我们商王朝军事统帅的象征。你说，我是你的女人，我要辅佐你，也是证明我。这充满道义的话语让我倍加体会到爱的力量，当我把商朝的三军托付给你时，我把我的力量全都给你了，我的女人妇好，你若是从此和我并肩在行军途中，共憩于行军帐下，饥餐渴饮，迎风对雨，你就是天下第一位女将军了。

　　我们的商，向北一千里有战事，我的将士们说，你到了一千里外，指挥他们从容应战，你一个人在队伍的最前面，你第一个进入外族的领地。我相信了，你就是一个英武的将军，是我身体的真正的另一半，是商王朝的半边天空。你后来对我说，你喜欢戎装，渴望对手，向往征服，你和我一样啊我的女人，你是我商朝颓废之后补天的女娲。你一次又一次地出征，一次又一次地为商王朝的雄阔注入雌性克刚的柔。

记得那一次你出征归来，我接你到都城南八十里，你从对面来，我往对面去，我们的目光突然就像第一次互相碰撞，我在期待你回来的日子里积蓄了太多的思念与力量，我想给你，你在戎马倥偬的征战中隐藏了太多的包容与接纳，你想要我，我们的对视酣畅淋漓。我们不去想身后还有千军万马，我们策骑挽辔，那时的春天，就像现在的江南，我们隐入青绿的竹林与草丛间，让马自由吃草，让我们自由拥抱。我说，我的将军，你说，我的王。

但你现在没有了，我也没有了，我们都没有了。我比你晚没有四十年，假如我没有记错的话。那是因为另一个女人，一个叫倾城的女人。你从商王朝宏阔的大殿上缓步移去的背影是那么决绝，你说，你是一个王。我突然心头一阵悲凉，听得见殿旁洹水畔孤雁的哀鸣与恨。你说，妇好请去，自居封地，终身不踏帝都。你是一个王，这一句曾经简单而又丰富的话，让我成长为一个王朝的中兴之主，又因为这一句话，成为我面对背影的一声叹息。

在我比你晚没有的这四十年里，我一直回味这句话，回味我们相拥着来自对方忘记天下忘记肉的温暖。我把你葬在我的宫殿旁，把你用过的，我给你你没有用过的，陪着你在另一个世界好好活着。你没有了，武丁一下就老了许多，武丁有六十多个女人，天下却就一个妇好。我慢慢老了，就喜欢回忆，我在一些觥上筹上，细细地为你雕刻象征爱意的鸟，在一些皮草上画你出征的样子，做完的时候我就想，我的活儿做得很地道了，不比做青铜鼎的工匠们手艺差，可惜你看不到了，就是你看到了，怕也没有了先前的温润，是因为王负你。

我是一个王，最不能负的是天下，可负的最多的又是天下。我在埋着你的土上种下一棵松，因为我有时还要出去干点活儿，胜胜败败的活计，不知道我能不能像你这样能有我陪着。我的女人妇好，没有负，哪有胜的道理啊。我把你葬在我的宫殿下面，并不仅仅是因为上面那些惭愧。

你执钺站着的那尊汉白玉雕像，几个又明白钺的薄刃与厚背呢。

扁鹊庙记

偶然知道很近的地方，有一座扁鹊庙，有点纳闷，早先怎么不知道。扁鹊先生应该是知名的中医大家，特别是他早在春秋时期就见过蔡桓公，很佩服他，从他那里知道了病是一点一点深入身体里的，不是突然一下子，看谁不顺眼，就让谁生一场病。

一直就想抽个时间去扁鹊的庙里看看。想想，也不过是一个院子，几间殿，塑的泥像端坐。面前或许会有功德箱，方便投一些钱。摆的有香案，方便焚一些香。立的有碑林，题一些歌颂的诗文。植一些松柏，显示出庄重严肃。国人纪念人物，基本如此。

但一直未能去看。中间还因为有其他的事情，去了几次西医的医院。实在不好意思，标榜中医的院也已经是中西医结合了，而且结合得越来越快，如果再结合下去，就只剩牌子上那个"中"字了。身体不舒服了，第一的欲望还是吃西药片，快快地好吧，至于中医或者中医郎中，必须把西药片吃遍不管用了，抱着侥幸心理，求开中药方子来喝。

我一直觉得中医里的药名，与《诗经》里的植物，自同一个母亲，都是因为爱而生长的。中医里的植物生长在身体里，《诗经》里的植物生长在灵魂里。中医里的植物纳山川灵气天地精华，每一位郎中可就是一位诗人，三服五服，妙手回春。《诗经》里的植物聆人生天真见风华绝代，每一位诗者可就是一位郎中，三句五句，妙云生花。

所以一定要看看扁鹊先生。出市，入县，进乡，到村。村头果然一个大院子，围得严严实实，大门朝南，门头上写"扁鹊庙"。气势倒也很像个讲规矩的地方。进得院子，大院子里套三层小院子，左右偏殿香火不稀也不旺，有一二人低头站在香案前沉思。应该是旁边村子里的中老年妇女，面目庄重，像在许诺。

天气入冬，院子里的各种植物显得凋零许多，生机不那么盎然。天凉，人少，冷清。一对小夫妇，在殿的一角，听一位长者讲面相，手纹。讲得很有介事，听得似有所得。听了几句，与自己的面相不合，不听也罢。见案台上摆着香，问多少钱一束。讲相学的先生停了讲相，微笑说，有五毛的，有一块的，最贵的两块。

要了一束最贵的，长尺许，约有三十支。也许常无人来，点香的蜡在殿里的角落，一身灰。折腾半天把香点上，插到殿前的香炉里，说，给先生上个香很便宜，想来先生给人看病，也是很便宜的。

据说，扁鹊因为得罪了秦的太医，因为他能治好太医也治不好的秦王的病，秦王是因为举鼎落下了病。鼎当然代表国家的，举起来就意味着天下第一的，天下的权力也要归一。姓李的太医要杀扁鹊，扁鹊得到消息就跑，也没跑及，跑到这里，还是让埋伏在道边的杀手给结果了性命。埋在这院子里。墓高三尺，不知真假。伏道乡的乡名也是这么得来的，埋伏于道边。

在院子里踱步，院子里的各样房舍桥湖，都按照现代旅游的意思做了非常好听的命名，显得意味深长，踱起来就有了文化味与传统味。如果让扁鹊来主持这个院子，不知会不会规划得更齐整，设一些院长室，设一些儿科骨科妇科主任，那时候他一人兼着这许多职业，实在令人妒忌。突然听到有喧闹的声音，扭头一看，是一些身着青春衣服的中年人，全副武装的骑行行头，在院子里一通拍，拍完一声呼哨，又快速地去了。

　　心里于是突然就冷了许多。步出庙外，旷野旷得让人说不出话。院墙外的空地上，晾晒着一大片一大片的植物。几个妇女在里边翻过来翻过去。问是什么，说是艾。又叫香艾，药用。妇女说这片地方种艾好，托扁鹊的福。百姓很朴实，种艾得艾，把德积到扁鹊身上。

　　扁鹊未必真落难在这里，但一定在这里，种过爱。

　　如果没有爱，是开不出好药方的，就像把爱从《诗经》里抽去，《诗经》也就枯黄了。一个药方便是一首好诗。可惜读不到如诗的药方了，因为再也见不到如诗人一样怀着浪漫情怀的医人了。

风雨一瓢饮

闲翻《水经注》，发乎太行之水多矣，仅豫北，如淇如洹如漳，泪泪向东，向东一望平畴，如女初成，凫凫走亲。凡所流之处，必物阜民丰，甚至还可以滋养出其他的一些东西来，譬如《诗经》里的爱情。所以觉太行之美，真是在水，缓淌蜿蜒，风雅颂也，难怪又出建安七子。又大，到太行林县，也直觉有山有水的去处，竟不见贫旱。

只偶见到一碑，细阅，惊悚：

回忆凶年，不觉心惨，同受灾苦，山西河南，唯我林邑可怜……人口无食，十室之邑存二三。夫卖其妻，而昨张今李；父弃其子，而此东彼西。食人肉而疗饥，死道路而尸皆无肉，揭榆皮以充腹，入庄村而树尽无皮，由冬而春，由春而夏，人之死者大约十分有七矣……
　　　　　　　　　　——"合涧小寨"荒年碑

这是林县在清光绪三年的旱灾情景。应该说，碑上的文字还是比较通俗的，稍一想象就能够知道那是个什么样的惨状。这与我印象里的山水陶然乐有莫大的反差，山高皇帝远的林莽竟是这般连绵灾害。因工作的便利，见到《林县志》，据其记载，从明初到民国九年的

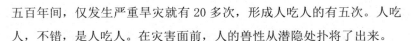

五百年间，仅发生严重旱灾就有 20 多次，形成人吃人的有五次。人吃人，不错，是人吃人。在灾害面前，人的兽性从潜隐处扑将了出来。

　　某时，到林县的洪谷山，顺山势蜿蜒一渠，尺宽，泉水清冽而下，后才知道是明代万历年间，知县谢思聪动员老百姓从洪山寺修的一条小渠道，这宛如毛细血管般的水道，解决了 18 个村的百姓吃水。渠称谢公渠，建祠谢公祠。一时，游览的兴致全无。想，仁者居于山，智者思于水。而此前，邺令西门豹引漳水溉田，修建"漳水十二渠"，使斥卤之地为富庶之区，成为我国最早的大型渠系。漳河南岸有稻田村，传为引稻而得名，所谓北地有南风，笑称小江南。民受害官应不忍，民无力而官应策之，西门豹有一句话值得我们深思："今父老子弟虽患苦我，然百岁后期令父老子孙思我言。"仅此一句，西门可泽流后世，无绝已时。

　　夫卖其妻，父弃其子，只是因为一滴水。谢思聪与西门豹，真是观音净水瓶里插着的那一枝柳条，与此土有情。能为一方做些实在的治攻，知县这个职位，是大有可为的，不能为百姓做些实在的功德，知县这个职位又是最可恨的。郑板桥在诗里说，"咬定青山不放松，立根原来破岩中。千磨万击还坚劲，任尔东西南北风。"若干年后，林县的"知县"，也读到了"合涧小寨"荒年碑，在谢公渠旁沉默不语，在漳水渠旁热血沸腾，在板桥诗行里读太行山水。

　　同时，也看到了距离还不太远的民间，那些刻在骨上的伤痛：民国初，桑耳庄村桑林茂，大年除夕爬上离村七里远的黄崖泉担水，等了一天才担回一担水，新过门的儿媳妇摸黑到村边去接，不小心把一担水倾了个精光，儿媳妇羞愧地回屋悬梁自尽；采桑狐王洞村王老二，媳妇洗衣服用水多了，婆婆说了几句，媳妇一气之下，上吊自杀。王老二含怨搬家，从此该村王姓断绝；因无水，很多的小伙娶不上媳妇，张大郭村王白丑 73 岁没有娶上媳妇，自己找了个 12 岁的死姑娘，告人说，待死后和她合葬。

这仅仅是极少的个别记录。我根本不愿意想象这些类似的情节里，各自呈现出的悲苦。这些无奈的生命饥渴地盼望有水的日子，过节的时候贴在门楣上的几个字，年复一年是风调雨顺。林县人说，咱林县，真可怜，光秃山坡旱河滩，雨大冲得粮不收，雨少旱得籽不见，一年四季忙到头，吃了上碗没下碗。在林县之外，流传着一句俚语：林县疙瘩头，炒菜不用油。这句话里多少含着屈辱，不用油的根本，是没有水，没有水，则万物无色，庄稼的籽粒不能丰满，女子的脸上不能水灵。

公元1956年，这个叫杨贵的"知县"，在民谣里圈点，在百姓的诗经里批阅道：重新安排林县河山。"知县"的意思，就是要知明一县。杨贵知林县，所以要问渠。

而中国的这个时候，正是艰难困顿，风雨欲来。于是我想到了英雄，英雄是敢于挑战时势的。历史上，一个英雄人物的出现，必然引领一个英雄群体创造英雄事件。红旗渠，从山西境内平顺县石城镇侯断壁下到林县，奋战十年，贯穿山区腹地，总长1500余公里，削平1250座山头，凿通211条隧道，架设152座渡漕。

让我们来看看这些英雄吧。

逢三年自然灾害，每人每天只有六两粮食，吃糠菜团、喝野菜汤，干体力活儿，尽皆浮肿。320名青年经过17个月艰苦卓绝的苦战，终于从坚硬的岩石上凿通了一条宽5米、高6.2米、长616米的输水洞。为了纪念这些汉子，命名为"青年洞"。

雪花飘着，冰块冻着，40多名妇女挤坐在工地上的一个席棚里，民兵连长见有人擦眼泪，就安慰说："困难是暂时的，天暖和了就好了。咱不吃点苦把漳河水引回来，能一直种旱地吃糠菜？甭害怕，不要哭，修成渠我们都回家。"却突然哭声愈大且响，荡在崖壁上又弹回来，震得雪落更如繁弦。

任羊成是阎王殿报了名的人，在梨树崖、老虎嘴、鹦鹉崖、小鬼脸等千百米悬崖绝壁，他腰系绳索凌空飞荡，手握一杆铁锹排险除石。落石砸掉了他四颗门牙，砸断了他的腿，阎王终是没敢要他。

曙光洞里永远回荡着王师存七次塌方、七次被堵在洞中的声音："一定要想办法出去，红旗渠还没有修成，咱们不能死！"这是呐喊，对生命的叩拜和朝圣。

红旗渠总设计师吴祖太，爱人从原阳老家来看他，到汤阴后被火车轧死。一个月后，他在开凿王家庄隧洞时，倒在塌方下。巍巍高山，多一对花环。

河南诗人王怀让为红旗渠写了一首《推车歌》：

太行山高路又长

林县人推起小车不停地唱

山里人生性犟

后面来的要往前面放

只要有一碗糊涂面条

也比那吃肉喝酒的

胆气还要壮

推呀，推呀

只要那山外还有山

道路越走越宽广

当盘山一条红旗渠哗啦哗啦流出来希望，浇灌林县五十多万百姓

沁笳记

干渴的心田时，他们背后，兀然突起一块块碑，形成林，那是一个个面有菜色，体形浮肿，破絮露肘，刚毅坚挺的神。在描述这些的时候，我为文字的苍白和无力感到深深的遗憾。

这碑与荒年碑比较起来，一块是无奈的记录，一块是牺牲的壮志。让我们记住这些名字吧：吴祖太，李茂德，白云祥，李德学，苏福财，杨黑丑，张文德，李保山，王书英，方海荣……共计81名，有干部有百姓，大部分正是风华正茂的季节，人生的许多幸福都还没来得及品味。也许他们按照条件，不能评得上烈士，但在林县百姓心中，他们走得如神。

英雄啊，如果，我能从碑上把你们的名字抹去，我多么想让你们看看眼前有了水后的满目青翠，汪汪秀色。你们都是俗人，生命中有了老婆孩子和热乎乎的炕头，就觉得幸福得是在天上。你们中间好多如我一样年纪的壮年，浑身有使不完的劲，有实实在在的明天和后天。死亡就是没有了，活就是好好的。我知道，你们中间，没有一个愿意躲在这碑上，你们都想温暖地活着，但在需要有好好地活着就需要有好好死着的时候，你们站在了死的一边。想念你们每个人那时活生生的本地口音，甚至想到你们的隐私，譬如你们中间谁和谁有那个意思，说好渠成后就托人撮合，水到了渠却未成。

我在渠上走过的时候，不时在四周看到半尺高的水稻田，有的就要抽穗，我恍然是到了水乡那里，有女浣衣，有子游戏，这是你们修这渠时候的梦吧，编成歌想象：胜江南，遍地稻花香。如今真的是遍地稻花香了，那就从碑上下来，嗅嗅这香，说说香里的丰年，那碑，就是没有字了，又能如何呢。

我是20世纪70年代出生的人，对20世纪五六十年代的事情，只能凭资料和想象来丰富或者说还原基本的真实。到红旗渠青年洞段，崖壁上刻有修渠主政人，当时的"知县"杨贵题写的《赠言十水》：祖祖辈辈缺水盼水，红旗渠引来漳河水，水库蓄满了山谷水，红旗渠灌满库池水，浇地渠库池齐放水，一渠水可顶两渠水，平整土地合理浇水，大家都来节约用水，关键保好渠管好水，林县就不再愁缺水。这十句读起来，就是林县人在说大实话。

杨贵大约不是书斋坐忘的人，至少对诗歌少其研究，他是从战场上走出来的县委书记，他面对林县众山的时候，用钎、锤、斧和小推车挥毫，红旗渠是大写的标题。他的灵感来自几十万山区百姓满面灰尘的干旱肤色，笔一落下，要么感动中国，要么千古罪人，也即西门大官人的虽患苦我，令思我言。

中国历来不缺乏政治上的争斗，琢磨事和琢磨人构成社会发展的两轮。杨贵当时刚过而立，风华正茂，但林县人直率的性格让他在许多场合感到尴尬。红旗渠被我们称为水长城，而在20世纪60年代，也有人同样称其为长城，称杨贵是秦始皇在修秦长城。这在今天看来，有点严重了，但在当时，有人相信。公元1961年7月，国务院副总理谭震林到河南新乡七里营蹲点，有人反映：林县的书记杨贵把"引漳入林"改名为红旗渠，为了挣"红旗"，不顾群众死活。谭震林说：这样的官僚，要撤职。林县县委组织部长参加了会议，说，杨贵同志是很注重调查研究的，领导批评"不符合事实"。谭震林说，还不认识错误。于是，这位组织部长路加林大人被撤职，并调离林县。随后，召开地委委员扩大会议，当时的省委副书记史向生给杨贵递条子：尽快发言，认真检讨。

这就好像在修渠时，是绕着走，还是直着走，是挖隧道，还是架渡槽。

杨贵发言：修建红旗渠不是组织部长主持决定的，如果说修建红

沁筋記

旗渠是错误的，要撤就撤我的职。不戴帽子，不揪辫子，不打棍子，不能因为组织部长说了不同意见的话，就撤了他的职。农村出现问题，应该实事求是地分析一下原因，只责备下边，我不赞成，再说这也纠正不了错误，事实上，这些问题和责任也不只是在下边。这一番话，即使在几十年后看来，仍是掷地有声。而坐在台上的谭震林，既没发火，更没批评。这是杨贵在红旗渠建设过程的一个坎儿，这一幕场景我陪友人在游览红旗渠的时候都会给他们讲，这幕场景里出现的人物，哪一个都是那么鲜明生动，真实得那么可爱。

但，帽子就是有人要给你戴，辫子就是要抓，棍子还是要打。"文化大革命"对中国来说，实在是个尴尬的事情，这是一场面积相当大的风雨。杨贵还是未能幸免，被关在林县一中，胳膊上的筋都被扭断。1967年5月10日的晚上，这是个月朗星稀，能见度应该很好的夜晚，林县人组织了十部车，每个车上十多个年轻人，突然冲进杨贵的房间将其强行带走。十多部车，一个车一个方向，谁也不知道杨贵去了哪里——杨贵被送到山里一个老乡家，后到北京一个新华社记者家里，悄然避世。林县人就是这样的性格，吃水没忘挖渠人。

为取一瓢，为后世蓄水三千，这水从河南林县一直流淌到中国林州。步入古稀的杨贵，在居住的院子里修了一个水窖，下雨落雪，可以存起来，浇花润园，上对得起天，下对得起地。

相州八记

耸 秀

老城里什么都能少，不能少了寺，寸土可为寺，有寺便有清静。寺里什么都能少，不能少了塔，聚沙可成塔，有塔便能上进。自唐设相州，相州城里有天宁寺，五代有天宁寺塔。清乾隆三十七年，彰德知府黄邦宁为塔门楣额上题了"文峰耸秀"四个大字，后来人渐渐改叫文峰塔，从此，老城有了地标。

据说，那时候彰德古城里也是繁华得紧，知府黄邦宁某一日起个大早，便装隐身。行至天宁寺附近的小桥，发现有一条影子横在上面。文人的雅趣使他不禁打量起了这个影子，觉得这个影子似乎怀着点什么秘密。于是这位知府大人捻着几根胡子，对着影子左看右看上看下看，摇头晃脑的他灵光一闪，顿时觉得影子和桥就像是一支笔搁在一个笔架上。顺着影子看去，原来是初升的太阳把天宁寺塔，投影在了桥上。

这便是"文峰耸秀"的来历。这四个字现在依然活生生地刻在塔的门楣上。知府黄邦宁是四川阆中人，须知阆中也是一座名闻了天下的老城，阆中城里，有一座滕王阁，少年时应常去读子美诗。黄知府

浮筏记

十年寒窗，从嘉陵江边到洹水南岸，书生肩上，担了一副好字。

到文峰中路，天宁寺守着老城西门，文峰塔俯着芸芸众生。塔高38.65 米，周长 40 米，壁厚 2.5 米，五层八面。七层莲花座下依平台，卜承塔身。塔顶为高 10 米的塔刹，宽敞的塔顶平台可容纳 200 余人。这种平台、莲座、辽式塔身、藏式塔刹的形制，世所罕见。再加上塔身下部 8 根盘龙柱之间极其精美的佛教故事浮雕，无怪乎历代名人贤士登临后赞叹有加。塔西有湖，一桥居中。临塔观湖，似见虹卧碧水；当桥望塔，影如梦笔生华。

若于文峰立交桥东眺，间有佛光普照、紫气东来之意。

但我们普通人，对于塔的欣赏毕竟不专业，而对于文峰塔，一眼看上去便觉得惊奇，常人也能欣赏出独特来。这就是它富有独特的建筑风格，具有上大下小的特点。由下往上一层大于一层，逐渐宽敞，呈伞状形式，这是为国内外所罕见的。

所谓与众不同者，其中必有隐情。

从塔的第一层向上，一层比一层高大，从下向上望去，犹如一把张开的雨伞。千余年来，人们不了解其中含意，只知其然，不知其所以然。其实，只要认识文峰塔的性质，寓意就不难理解了。文峰塔既是一座佛塔，又是一座文塔。从人文的方面理解，塔的层级既可以代表年代，又可以代表人才，既可以代表人才数量，又可以代表人才的质量。寓意是从古代到现在再到将来，人才一年比一年多，一代比一代增多，层级一级比一级高，人才越出越多，层面越来越广，地位越来越高。

文峰塔并不高，仅建五层。为什么只建五层呢？可以听听通古博今人的解释。比如"五"在《周易》之中为奇数，奇为阳，偶为阴。五为阳数。《周易·系辞》："天一地二，天三地四，天五地六，天七地八，天九地十"，一三五七九为天之数，五居其中位，为天之中，可以理解为不早不晚，恰逢其时，为最好的天时，可谓得天之时，地之利，正是发奋向上时候。

梁思成的《中国建筑史》在涉及古塔建筑的章节中，用二百余字的笔墨，记述了文峰塔，其中有这样一句话："自下至上各檐大小完全相同，无丝毫收分或卷杀，为他塔所不见。"赵朴初先生更是登塔观望，作诗道：层伞高擎窣堵坡，洹河塔影胜恒河。更惊雕像多殊妙，不负平生一瞬过。

再回头想想当年彰德知府，塔影投桥的典故。如果仅仅是塔影投桥，如笔落架，那倒也没什么好稀奇的，但稍加考证，原来在塔的附近，立着一座孔庙，而孔庙的来历，又不十分可考，终是要比塔的资格老多了吧。塔影化笔，孔庙向学，这是预示着，邺水朱华，建安风骨，生生不息。

孔庙虽然没有了，但代之而起的，是相州学子们出出进进的新华书市。文峰塔亦是文风塔，处繁华而守静，经百代而永新，很有风度地目视着东来西往，南去北上。黄邦宁已然回到故乡阆中，如果晴日，轻步登上滕王阁，也许还能看得见文峰塔上的耸秀。

昼　锦

欧阳修没有到过相州，没有到过相州的欧阳修，写了《相州昼锦堂记》。我读后想，欧阳老先生，胸中自有昼锦。确切地说，昼锦堂在相州老城的东南，地名叫作东南营，乔家巷。相州现在的名字叫安阳，昼锦堂主人韩琦写过一个题名为《安阳好》的词，因为词名小于人名，大多人不知，也是因了这堂浮出来这词，比不了欧阳修的虚记，也不及醉翁亭的盛气，但在相州，常是老城人思想中的一重意境。

昼锦堂是韩王庙的一个堂，韩王是它的主人，韩王名叫韩琦，北

沐锦记

宋三朝老相，与范仲淹同列朝班。这里有必要介绍一下这位在一千年前做过许多好事的老爷子：韩琦，字稚圭，北宋相州人，生于公元1008年，卒于公元1075年，历真宗、英宗、神宗三朝，所以称宋室柱石，社稷之臣。作为一代政治家、军事家，扶立英、神二帝，镇西北抗夏御边，赞襄范仲淹推行新政，是他一生中的浓墨重彩，这在史书中记得明白，这如门外的那棵大杨树一样挺拔在天地间，能够让人仰视而生凛然意。

但我注意的，是他的私生活，比如，在他诗人的头衔下，他的诗篇。我抄来一首：休逸台高复凭栏，依然风月喜生颜。城头仰视亲栽柳，天外微分旧见山。草色且无归后怨，禽飞同到倦时还。欲知恩许三来幸，锦烂轻裘白昼闲。这一首，读来清凉心远，应是与范仲淹同离中枢后的感怀，其中有昼有锦，昼是天日，锦是温暖，以下一路知扬州、郓州、定州、并州，而至相州故里，昼锦堂已是在胸中钩心斗角了。

韩王庙里，有碑刻，四座，高皆丈余，神龟驮寿，上书墓志铭，多为近千年，字模糊是经风雨。院中两旁都设一园细竹，微风轻来，如掩耳私语。韩琦回归故里知相州，真是衣锦还乡，故里对人的温情，多是在游戏上的乐趣，所以建了醉白堂，东坡为其作记，建了昼锦堂，醉翁为其作记，建了狎鸥亭，不知谁为其作记，这三样都在他的府衙后院，后院当时，红墙绿瓦，古柏参天。我们现在已经见不到柏了，能见到一棵古槐，实在是太古了，听人讲植物的专家来考证，正是约千年，所以认作是韩琦亲栽，只是诗里是亲栽柳，这里是槐，所以又说，他到哪里都能是绿荫，是柳或槐不重要了。又有神秘的说，这槐有灵性，这里遭毁的时候，它就不长叶了，再重建时，叶又复绿。我以为这是后人的民间好恶，可以当作对好人的敬重来听。

现在能见到唯一的古建筑，是在最后面坐落的二层的旧楼，人说是宋砖，看上去就像是，人说是宋瓦，看上去就像是，人说宋瓦上是宋的绿苔，我就不信了。上下各五间，虽然是旧得不成个样子，却又是气势上比新的还要显得自信。就联想欧老先生的记里面的话：岂止夸一时而荣一乡哉！欧阳修读了韩琦在昼锦堂上的诗作，为其中不以计较恩仇为快事，不以沽名钓誉而自豪所动，于是乎书。由此及彼，站在这一座精致老楼前，想诗推人，别有一种趣味，我好像看见韩相着的是素衣，在白日里分明是锦彩华服，踱步于我面前的绿意红颜，醉白堂上存厚酒，狎鸥亭边逗天伦。我身后，便是此地镇堂的三绝碑：欧阳修撰记，蔡襄书写，邵必篆刻，为三绝。

读思碑文之记，想欧阳修文成与韩，传为名句的仕宦而至将相、富贵而归故乡，想韩相迁任，百姓白日留，不得不走夜色，当知昼锦反其意的背后，说的不是衣服。

静　祠

郭朴（1511—1593），字质夫，世称东野先生，乡人呼为"郭阁老"，明代彰德（今河南安阳）人。嘉靖十四年（1533）考中进士。嘉靖四十年（1561）冬，郭朴任吏部尚书。嘉靖四十五年（1566）三月，郭朴兼任武英殿大学士，与高拱同时入阁。其最重要的名声，是"仁义"两个字。

阁老地位高，权势大，望而生畏，得罪不得的。偏有好事者，要占阁老家的便宜。有一年，老家邻居建房，侵占了他家几尺宽的地皮。家人致书郭朴，想让他给邻居一些颜色看看。谁知郭阁老看完书信，马上回信说："千里修书只为墙，让他三尺又何妨？万里长城今犹在，不见当年秦始皇。"邻居知道此事后，深为郭朴宽宏大量的胸怀感动，不仅将多占之地退出，而且自己又多让出几尺。遂让成一条夹道，即

沁筋記

现在安阳市老城内的"仁义巷"，至今依然为人们茶余饭后的美谈。

又如，清康熙年间，张英担任文华殿大学士兼礼部尚书。他老家桐城的官邸与吴家为邻，两家院落之间有条巷子，供双方出入使用。后来吴家要建新房，想占这条路，张家人不同意。张家人写封加急信送给张英，要求他出面解决。张英回信中写了四句话：千里来书只为墙，让他三尺又何妨？万里长城今犹在，不见当年秦始皇。吴家见状，深受感动，也主动让出三尺房基地，"六尺巷"由此得名。

以上是关于仁义最重要的两个版本。其他版本还有很多，据传郑板桥、曾国藩也都写过这四句，或者前两句稍有改动，但最后一句不见当年秦始皇，都一模一样。考证民间流传的各样版本，其时间均发生在由明至清两朝，再考证各主人公的生辰年月，郭阁老生的最早，也就是说，郭阁老最有可能是这首诗的原创作者。以仁义巷为开端，全国各地竟然生出许多仁义的故事，民间风气，实在跟官场风气是一脉相承的，官懂得仁义，民自然顺承仁义，官不屑仁义，民亦不屑仁义，官时拂仁义，便时拂了民意。当年秦始皇，就是这样不见了的吧。

因此郭阁老的高明，便在这里。如今，仁义巷成为安阳城里南北大街的重要商业集聚地，各方客商云集，而秩序井然，白日喧闹，夜市熙攘，钟楼于仁义巷口，巍然而立，楼下四通八达，经济交汇，便觉这钟楼与仁义暗中相通。外地人逛南北大街，五色令人目盲，大约是寻不到郭朴祠的。本地人也常常忽略，或者说过其旁而不觉。其实，郭阁老的祠便在钟楼下三丈开外的东南一角，隐一偏门，入门一小院不大，殿阁一座，内里阁老像一尊。与门外经济世界截然不同，院内一树正茂，案前香火清淡。看门人悠悠安坐于门后，微笑着看门外的大千世界。

阁老祠香火因何如此冷清？

看门人答：不冷清，门外香火日盛。

阁老祠香烛因何如此冷清？

看门人答：不冷清，案上四烛长明。

指了指香案上刻的四个字：故乡俎豆。

曾在两三年前，与友人相约到相州城北的韩陵去作游，本意是去寻一寻当年韩信救母的遗迹。韩陵原本是有山，进到庄户人家里问，说此地便是韩陵山，四下又望，哪里有什么山，不过一个坡罢了。下坡漫游，见远处坡地间有一群羊，倒十分有意趣，朝羊群走过去，见羊群中间露出一大土堆，土堆前竟还有一通石碑，细看为明郭阁老墓，一惊。牧羊老汉踱步过来，说他就姓郭，郭老汉说，这地方有什么好看的，还是到相州城里，去看郭朴祠吧。

郭朴告老还乡后，回到故乡隐居，过着普通老百姓的生活。曾赋诗道"茅厦三间蔽日，槿篱四面遮风""几上一编农谱，壁间几幅耕图"。俨然是牧羊老汉的自在，与郭朴祠看门人的自在，是同一个自在。仁义在，则自在。

六　然

孔子赞颜回：贤哉回也，一箪食，一瓢饮，在陋巷，人不堪其忧，回也不改其乐。贤哉回也。从南大街拐进小颜巷，民居参差错落，在紧凑的结构中扩展出最大的空间，看得出，生活的富裕表现，第一便是要修房造屋的，哪怕地方多么狭窄。小颜巷不是陋巷了，回能不能不改其乐呢。

一户一户地深入，又生怕回的所在，已然让挤出了寸土寸金的幽静。巷的中间，两户人家的墙夹着一个破败的木门，如果不是石阶前面两只石狮，一定会一眼错过去。老门虽旧，站立的姿态倒也硬朗，真似一介老儒，沧桑面，粗布衣。门楣上一块红匾：崔文敏公祠。另

洗筋记

一红纸横楷：光明磊落。

木门虚掩，任凭人进人出，但又四下无人，嗓子好像让堵上一般，叫什么也叫不出来。脚步踩到落下的半秋树叶，顺风谢花，身旁寂静得如子夜熄烛，偶尔什么虫哼一声，会惊出一身冷汗。轻轻到第二道门，门上还有旧时的锁，铜片做的狰狞，咬着一枚铁环，铁环下写一个大大的"德"字。

这才到了文敏公的祠前。只是三间青砖灰瓦房子，大门紧锁，两窗透气。站在窗前朝屋里望去，什么也没有，空落落的。没有画像，没有塑像。房顶长出的草，院子长出的草，很自然地显现另一种生机盎然。有一副许是春节时贴上的对联：庭前草木万载春常在，宝殿生辉千年传古今。生前身后，往往反其意而行之。

孔子若至此，亦应赞：贤哉敏也，自处超然，处人蔼然，有事斩然，无事澄然，得意淡然，失意泰然。贤哉敏也。

崔铣（1478—1541），字子钟，号洹野，世称后渠先生。年幼时聪敏好学，27岁考中进士，进入翰林院任编修，后任南京国子监祭酒，官至礼部右侍郎。其学识渊博，世称儒者，著述甚多。崔铣卒谥文敏，入祀乡贤祠，后世称其为小颜回。

公元1505年，崔铣中进士，后入翰林院任职，参加《孝皇实录》的编写。虽然崔铣官职不高，但他却不愿趋炎附势，攀附权贵。是时宦官刘瑾专权，朝中大臣见之视若猛虎，许多官员对他阿谀奉承，见之伏谒跪拜，独崔铣见刘瑾长揖而已。刘瑾为此大怒，后把他外放为南京吏部验封司主事。

在南京待了一年，崔铣就被召回翰林院史馆，复官编修。武宗皇帝沉溺于酒色游戏之中，不理政事。崔铣上书武宗皇帝，要他毋生骄怠，毋徇私爱，毋乱旧章。并谏之以救民、理财、强兵、举荐之策，洋洋洒洒数千言。武宗皇帝很不高兴，崔铣借口养疾而归。

由他主持编纂的明《嘉靖彰德府志》，于 1522 年编修成书。由于宋元时期的《相台志》《续相台志》早已散佚，《嘉靖彰德府志》成为现今存世最早的一部府志，成为研究安阳历史的重要古籍文献。也就是说，崔铣为安阳的历史补上了宋元的一课。

明世宗即位后，朝中大臣纷纷举荐崔铣，嘉靖皇帝一纸诏命，崔铣收拾行装赴京上任。公元 1524 年，崔铣因"大礼"之争触怒了嘉靖皇帝，又一次被罢免。送行者达千人之多，正德四杰之一边贡为其写下"卢龙山畔菊花明，一片归帆五两轻"的诗句。

三次罢官的崔铣修了《彰德府志》，作了《洹词》，建了后渠书屋。耕读调养，弹琴书画，过着自由自在、洒脱无虑的清逸生活。慕名来访者络绎不绝，崔铣来者不拒。他热情招待八方来客，口碑极佳。崔铣性格豪爽，爱饮酒，常与来访者对饮。

崔铣总结出"六然训"以自勉：自处超然，处人蔼然，有事斩然，无事澄然，得意淡然，失意泰然。崔铣好饮酒，虽饮数斗而不醉。未必非要一箪食、一瓢饮，但求饮的超然蔼然，斩然澄然，淡然泰然，至于生前的道路与身后的名声，便可以知其然，又知其所以然了。

陋巷高德，诤骨柔情，桑梓史记，清风后渠。贤哉敏也。

高　阁

文峰中路南路，昂然一座高阁寺。文峰中路的繁华，可以代表现代的繁华，高阁寺的昂然，又在现代繁华中展开一卷古典史记。川流不息的人流车流，过文峰中路而不闻高阁寺者，或者游老城而不入高阁寺者，会错过一段暗地里的刀光剑影，就像从文峰中路一闪而过，只看到高阁寺的背影。

高阁寺建在梯形的方台基之上，通高 20 余米，为高台楼阁式建筑，面南背北，重檐九脊，歇山顶式，琉璃瓦顶。台基高约 8 米，长宽各为 13 米，平面为正方形，南侧中部为石质阶梯，其余全用青砖垒砌。

石质阶梯共有 32 层，两侧为汉白玉扶栏，扶栏上雕有石狮，情态各异，栩栩如生。阶梯前横有一条铁丝挡道，其实这根本一点用处都没有。拾阶而上，发现阶梯均已破损，大概是年久失修、风吹雨打之故吧。台基上的外围也圈有汉白玉的扶栏，同样雕有石狮，而在底基上约有 1 米高的石浮雕装饰，每面 8 条龙，相互对称。

阁楼外壁有石雕游龙 25 尾，个个形象逼真，其上还刻有印度梵文，尽管久经风雨侵蚀，但依然清晰可辨。阁的正面置有阁扇门，阁内进深、面阔各三间，皆为 9 米。明间和次间共用 4 根圆木通柱，直达阁顶梁下，构成一座完整的大框架。从建筑学的角度来看，这种结构异常坚实，阁内壁上的丹青书画，色彩斑斓，惟妙惟肖，堪称一绝。

这座原本不是寺的寺，里面住的不是和尚，住的是王子；里面唱的不是佛经，唱的是战歌；里面是另一个世界，这个世界离老城很远，又离老城很近。

朱高燧（1386—1431），明成祖第三子，洪武二十八年（1395）受封高阳郡王，永乐二年（1404）进封赵王。

明成祖朱棣从侄儿建文帝朱允炆手中夺得皇帝宝位后，立自己的长子朱高炽为太子。这引起了朱高燧的嫉妒，他联合被封为汉王的二哥朱高熙一起争夺皇位继承权，常在明成祖面前挑拨是非，恶意诽谤太子。

其实朱高燧是想让太子和汉王鹬蚌相争，自己渔翁得利。明永乐七年（1409），明成祖终于知道了朱高燧的种种不法行为，不禁大怒，下旨"诛其长史顾晟，褫高燧官服"。幸而太子朱高炽宽宏大量，极力在明成祖面前劝解，以父子之情、兄弟之谊陈言，朱高燧才得以幸免。

此事之后，朱高燧并没有吸取教训，有所收敛，反而认为太子一副假惺惺的面孔，在心底更加仇视朱高炽，并且对父皇朱棣也怀恨在心。永乐二十一年（1423）五月，明成祖得了一场大病。负责皇宫护卫的指挥孟贤与钦天监官王射成及皇宫内侍多人勾结，准备毒死明成祖，并且伪造了诏书，只等皇帝驾崩后另立赵王朱高燧。可惜举事不密，半途事败，一干人等全被缉拿归案。孟贤等相继被施以极刑，伪诏也被搜查出来。明成祖亲自提审朱高燧，让他自己解释清楚，"高燧大惧不能言"。此时又是太子朱高炽出面解围，向父皇进言道："此下人所为，高燧必不与知。"在太子的极力护佑下，朱高燧又一次幸免于难。此后，朱高燧终于有所醒悟，开始收敛自己的行为。

第二年，明成祖驾崩。太子朱高炽即位，为明仁宗。即位之初，明仁宗就给朱高燧增加俸禄二万石，随后让高燧回封地彰德。仁宗在位仅一年就去世了，传位于其子朱瞻基，为明宣宗。宣宗即位后又赐予朱高燧田园 80 顷，对高燧可谓仁至义尽。宣宗在位时，汉王朱高熙欲效仿其父的作风，废掉侄儿的皇位，自己取而代之。岂料功败垂成，自己也被生擒活捉。尚书陈山上奏宣宗："赵王朱高燧与朱高熙共同策划反叛，朝廷应派兵到彰德擒拿高燧归案，不然以后赵王还会反叛，造成更坏的后果。"正在宣宗对此事犹豫不决之时，大臣杨士奇又上了一道表章，说此时治罪赵王不合适，宣宗便以"反形未著"作罢。

汉王朱高熙被押解到京城后，在审讯中供认曾经派人到彰德与朱高燧商议谋反之事。户部主事李仪等人又一次主张惩治朱高燧，向宣宗上书说："即使不缉拿归监，也应削减其势力。"宣宗经过慎重考虑，遂派都尉广平侯袁容将朱高熙的供词和大臣们的奏章送到彰德给朱高燧看。看了供词和奏章后，朱高燧心惊胆战，急忙上书认罪服法，情愿削减势力，老死封地，永不反叛。

沐猴记

朱高燧在彰德期间，建赵王府，即高阁寺。其实胜败都不可悲，无非人在江湖。胜也是住个高阁，败也是住个高阁，又有何不可。想得通了，通往高阁的路其实也很多，想不通的，往往被束之高阁。

小　九

大清朝行将就木，黑云压城。压力最大的城就要数彰德了。洹上的园子里，花香鸟语，超然物外，钓翁躲在水边，前思后想清朝与民国的关系，看上去倒是有当年子牙直钩渭水的神态。国家大事，说大了大，说小了跟家事一般。如此一想，想起一个人，线一动，水纹散出花来。

这个花，便是袁公的小姨太太，排名九，五姨太的丫鬟。从丫鬟到主子，小九的综合素质应该比较高。模样要生得可人，语言要温和吉祥，气质要端庄灵秀。但人与人相处，无论地位贫贱，必须要有一点能合在一起，就是要能相通，所谓知音者也。而知音又须舍掉身前身后的繁杂评论，又须有知音的环境。

彰德城里有个大户，是谢家，谢家的大院是城里比较大的大院，又与袁公交好，便从谢家大院里划出一个小宅子，小九住进去，别开天地，另创一家。抛去了袁家大院里的一堆杂务，这里仅仅用作谈情说爱，品茶煮酒，赏月抒怀，暗谋机密。小宅不大，四合之院，隐于九府十八巷七十二胡同，院里花木掩映，高墙低语，别具浪荡风流。

公元1909年，彰德府老城外洹上村太平庄，这一位能搅天的客，闲也听听老城晨钟暮鼓的淡定，文峰塔的倒影仿佛是他占的一个柔爻。回到民间的袁公，做客洹上的慰亭，暂别权位的野老，正好是知天命的时节，刚日读读经，柔日读读史，或者渔舟上唱晚，垂竿下钓悟，真的闲云野鹤，又哪里差得过真龙天子呢。

小九温好上等的洹河玉液，轻轻叫他的字号：慰亭。慰亭这个字，有东篱南山散淡气，又作慰廷，有出将入相王侯气，号容庵，多好的一个庵字，容他在人前背后的庵里慢慢地品吧。我到袁林里很多次，无论什么季节，里面都很是清静，守门的哈欠不已，不像别处人拥挤的嘈杂。想如果慰亭能入清静门，会是大寂静思想。

慰亭此刻正看一张报纸，登一张蓑翁垂钓图，微微地暗笑：我是今作闲云不计程的人了。听见女人叫他，忽而却生出男人的狠：百年心事总悠悠，壮志当时苦未酬。野老胸中负甲兵，钓翁眼底小王侯。小九心底叹道：中国有几个男人，心底不羡慕做皇帝的，哪怕是一天。

小九与袁公的知音之处，是两个都是办大事的人。钓翁眼底小王侯，他没有把小朝廷放在眼里，他内心怵的是南方风气之先潮，青梅煮酒，谁是大泽里的龙，终究是云南那位年轻才俊的明眼人，把他送回洹上解梦。

小九的大事，放在彰德府里，小小年纪，深谙生财之道，开设协泰厚钱庄和同泰源花行，这两桩生意基本上垄断了安阳一带的金融业和布匹棉花行业。同泰源初开张时资本只有三百元，不到五年时间，就赚取利润一百五十万元。现在的豫北棉纺织厂，清末时叫广益纱厂，袁家是广益纱厂开办起家时的大股东之一，为其时河南规模最大、用电最早的民族工业。广益纱厂所需棉花由刘氏的同泰源独家供应，刘氏的财产积蓄是袁世凯九房妻妾中最丰厚的。

小九毕竟得为自己作打算，悠悠地说，慰亭，百年以后，你只能留下个名声，我可能会留下这个小院。慰亭笑了笑说，不论留下什么，我们都只是个客，故乡，他乡，京城，彰德，你是我的客，我也是你的客。小九款款倒了一杯，道，请饮小酒一杯。

文峰中路丹尼斯大超市人来人往，日客流量千万。对面便是九府胡同，一个小院，小九的故居，袁公的隐居，世人多知洹上，少知九府胡同。千万的客流过大街小巷，却从小九的院旁悄然滑过，没能惊动一丝僻静。院里收拾得依然干净，修旧如旧，故意摆上许多更旧的旧物，但花草竹丛，一季一季接着轮回，新了旧，旧了新，突然又不明就里地进了院子，体味一番，又糊涂着出去了。

荫　槐

老城里的树多了，九府十八巷，到处是胡同，胡同里都是院子，院子里都有树，所以老城是一棵一棵槐组成的，城要是老了，就是槐老了。人在老城里出生成长，就像树在老城里一年一年，年轮隐在骨里，城门早就没有了，依然是一走到那个地方，就想起门楼的高大，按着比例想自己院门的高度，所以老城的人守业，以槐荫大者为荣。

这里的树，槐最多，叫国槐，槐是鬼木，国槐，听上去像镇宅的钟馗，老城里的保护神。特别是年纪大了的，几个人合抱都要抱不过来，过年过节还能接受香火，是对待老人一样朴素的观念，我不认为多么迷信。有这么一棵，或许在某个院子，儿孙绕膝，或许在雅人窗前，厚爱琴棋，或许在胡同拐弯，撑伞作荫，或许在哪个庙前，端详大众。

如今境界不一样了，它身边这些以往的都成为记忆，它甚至看不到它的朋友们和后代们，一条大道穿过老城，大道旁高楼很气派，音响很悦耳，人物很时髦，车流很有序，它站在大道中间，刚开始觉得唯有它能享受这被保护的待遇，暗地里还有些沾沾自喜。

但渐渐地，大道两旁植的树它都不认识，开的花五颜六色，却好几年不见长粗不见长高。还有的白天不开花，一到晚上开花，像商场里的彩灯。而老城里熟识的人，从它下面走过，和陌生人一样，它一身的槐花无人采摘，蜜蜂也是来了嗅一嗅就飞远。老槐树突然觉得有些孤单，特别是一到午夜后，少年夫妻老来伴，它连个说话的都没了，想起老城还是老城时，晨钟暮鼓还是有一些的。

还有，原来人一说，去哪儿？到老城，现在都不这样说了，就说到老槐树。老槐树成为老城的代称，它委实出名了，而人来人往中，却又无人顾得上看它一眼。它终于想，他们是把我当成神了。神都在人间烟火里，跟不存在一样。

品　城

我很喜欢到老城里逛，初到安阳，了解它的历史，相州，彰德，洹上，骑个破自行车，到胡同里随意走，停车坐爱小巷晚，竟能迷了路，到处打探老头老太太如何出城。后来又知道邺下朱华，建安七子，更是要到老城里寻笔墨风流，装作一副要立德立功立言的样子，到三角湖边的城楼上俯视全城，仿佛天下尽收眼底。

譬如要吃安阳的小吃，扁粉菜，还是老城人做的味道正宗，味道又都在小胡同的深处。老安阳菜又自成一席，可以开成完整的菜馆，做地道的宴席。有个穷朋友爱吃肉，日日到熏肉铺上欠账，肉铺主人看不下去了，教他做肉，另开一摊，生意亦好。粉浆饭是老城人的至爱，一到饭点，满城的酸，各家的酸，酸的各不一样。百姓过日子，酸是大味道。

过日子十之八九不如意，不如意就得想办法如意，求求城隍，算不得迷信，心里落个踏实。城隍庙在城中心偏南，卖香的一条街，男女老少竟然络绎不绝，互相开着玩笑点上香，跟城隍诉诉委屈，还还愿。哪怕出了门依然是十之八九不如意，下次见了城隍还是恭敬。老太太说，城隍要管一城的事，大事小情，杂七杂八的，忘了是很正常的。便是不忘，有些事也是不合规矩，不能办就是不能办的，上多少

浮游记

香也不行。得理解。

文峰中路一打通，南北大街一开放，老城焕发出新颜，光鲜亮丽了许多。白日里人来人往，华灯初上流光溢彩。夜游的人多了，在九府十八巷的小胡同里散步，谈些古今变化，做些明日畅想。挑灯夜市的人们把吃喝当作休闲，往钟楼下的摊旁一坐，好似一下回到相州彰德府，突然就变得传统起来，跟自己家邻居一样，言语间文明指数提高不少，幸福感油然而生，再感叹一句：越变越好，越变越好。

安阳的老城里，最引人的地方是到处散落的文化味。城外有甲骨文，殷墟，袁林，文字博物馆，《周易》演绎处，太行风光，相比老城里的风景，于不经意间便在身旁，常又有知情者在左右，漫步其中，似与前朝某代人相遇，又往往擦肩而过，小满足与小遗憾，又令人一遍遍来往，又一遍遍不得要领。

相州彰德府里的故居，能保存的都在好好保存，能修的都在好好修复，老城里的人，一轮一轮地往外走，而一些人，又一轮一轮地往老城里来，就在这轮回里，老城一点一点面目清晰起来，越来越像个可以闲时候休闲，忙时候偷闲的地方。到这个院子里喝喝茶，到那个院子里吃吃饭，到这个院子里选点衣物，到那个院子里往椅子上一坐，把自己当作知州知府，退堂了。

城东南角，两栋居民楼里面的院子里，是老城楼，老砖老土，城墙下老树坐老人。老人说，要修城墙了，你看，动工了都。我说，这树可不能刨了。老人说不刨不刨，这都长多少代了，咋能刨。我说，文峰中路上那棵老槐树，为啥不移出去。老人说不能移不能移，移了就不是老槐树了，跟这老城一样，没了老城人的老城，还是老城么。我说，城里城外，从来都是出出进进的么。老人半晌无言，盯着城墙上的风雨蚀痕，喃喃地说，水火不留人，水火不留人呐。

梁思成跟林徽因到相州彰德府看文峰塔，闲余俩人在老城里转。

这城里人见过大大小小的世面，上上下下的人物，不会在后面观望他们的行踪，反而成全了他们两个，竟然没有在老城留下可以纪念的文物。只是回忆的时候，应该会说，那时候无论是人间的几月天，相州彰德府的风物，都是可以值得我们回味的。

第七回

过往·如戏

涉旅记

我的语文

其实我要记说的，是我的语文老师，如果没有语文老师，我的语文很可能将是枯燥乏味，然后一点点地在记忆中消磨掉魅力。所以我感到很幸运。而对于"语文"这个词的敏感，或者说对"语文"这个词的热爱，尽都在初中生活的三年时光。我没有上过高中的语文课，没有上过大学的中文系，因此我的初中语文科目就是我这一生中系统学习中文的重要收藏。

在我的藏书中，有一本是无论如何都不能让它佚失的，我把它装在一个盒子里，我换了好几个住处，但它始终在这个盒子里，安安静静的，如一枚碧玉。这是一册初级中学的语文书，封面上白下蓝，一株我不知是什么花，亭亭玉立，花开两朵，各表一枝。中间有一个鲜红的印章：淇县西岗乡初级中学。右下角的一片叶瓣上，写着主人的名字：王晓燕。字写得清瘦而有雅致态，如她的人。她就是我的初中语文老师。

淇县是个小县，在豫北，但往上溯，就能到商王朝，《诗经》和纣一起在这块土地上共荣，《诗经》成了典籍，纣成了灰。我的村庄与我求学的初中，都在产生诗篇的淇水岸，我时常顺着河岸看这片有着语文情结的庄稼和人物。老实说，我的语文成绩并不好，我不太喜欢学习，我那时想着当一个兵，能有一身军装。我喜欢空想，大白天能做梦，我想可能是因为这个，所以对语文课里的作文，有些好感。我现在回过头来看，语文课真是需要一个自身能表达的老师，这让我感谢我的王老师，虽然那时，她不过比我们才年长三四岁，但她往讲台上一站的妙处，就像易安居士的新词，又宛如群芳渐渐谢后独开的女儿花。

　　我们那里，有一个卧羊湾，传说是出美女的地方，我们一直认为她是在那里出生的。因此我不记得她讲课神态的优美，不记得她板书的清丽骨格，不记得她一笑动人的玉容，只记得，那时我们班上，只有语文课的秩序是最好的，男生们的语文成绩进步非常明显，男生们的作文中，悄然就多了温润。多年以后，我们一些男生与女生聚会，谈到我们的语文，说我们的语文老师，是天底下最美的女教师。

　　我不知道我收藏的，王晓燕老师的这本教课书，是如何落在我这里的。我闲下来的时候翻翻，有着二十年前气味的幸福。书上从前到后，每一篇都有她的批注，要与学生讲些什么，讲时应注意些什么，中心是什么，主题是什么，意义是什么，学生们应获取些什么。我那时还不懂得中国诗词，但我知道她是非常喜欢的，这一册中的诗选里，有《卖炭翁》，有《长歌行》，有《芙蓉楼送辛渐》，有《秋浦歌》，有《江南春绝句》，有《春江晚景》，有《江南逢李龟年》，有《舟夜书所见》，她批得最是专心。我每读到"少壮不努力，老大徒伤悲"这一句时，就能依稀看到她满怀着期望的神情。但她毕竟是个年轻的人，还是在少女的时代，活泼起来，也是很让人欣赏的。

　　她走路的姿势像她的名字，飞燕一样，轻灵灵的令人不愿移目。她说话讲课，都是用普通话，嗓音又圆润，说出来的话，简直就是大城市里的播音员一样耐品。她说话时又会有些配合得体的动作，老是让脑后的马尾辫上下左右地晃，真是风韵极了。所以我们常寻些问题

沙砾记

故意去问她，是在享受她为我们带来的清新的意趣。

我的初中校园里，教学楼的后面，是一片整齐的小白杨，拇指一样粗细，在里面谈恋爱最合适。20 世纪 80 年代后期的风气，远没有现在开放得厉害，所以早期有朦胧派思想的学生，偷偷钻一回杨树林，就如改善了一回伙食。后来还真是捉住了一对改善伙食的。班上的男生突然就意识到，我们可爱的王老师，是不是有改善伙食的想法——当然这是大不敬的乱想，但也说明我们非常关心我们老师的幸福，因为我们晚上回到学生宿舍，就讨论说还不知道谁能有资格做我们王老师的对象。想起这些我就笑那个时候，我们这些青涩少年急欲长大的心情。

我们经过讨论，认为如果王老师谈对象，一定是去淇水岸边，那里风景好，有天然的诗意。虽然我们有机会就到淇水岸边，但一次也没有碰到我们想象中的事情，这让我们既担心又放心。汤显祖说作曲要有意趣神色，我想做老师也一样，王老师的意趣神色，是我们初中生活里最有光泽的部分。所以我有她的一本教课书，更觉得有记录她的必要。

趣想玉敏兄弟

　　每想起玉敏兄弟，就忍不住暗自里笑出声。他的父母给起名字，叫的是玉明，寄托了上辈人的清白格调。明、敏口头上不好分，叫着叫着就渐变成玉敏，听起来如是一个俏俏的要成熟的小女人。玉敏弟小我一二岁吧，住在离城稍远些的乡下，是浅山区，地是靠天收，下种子的时候去一次，收获的时候去一次，其余的时间就要琢磨些别的刨食的事情。

　　我想到玉敏兄弟暗自里笑的另一个原因。是他的形象。他的形象，极为适合演绎电影电视剧中梁天一样的人物，又留中间分开的头，脸窄成猴样，我一见到他，就为他天然的幽默基因发笑。所以，我有发愁事的时候，就想想玉敏兄弟。

　　虽说是在乡下，但与城通达，路也不曲折，他就常到外面活络活络思想。原来村里缺一个管计生的干部，他还没结婚，一帮老女人拿他取乐，让他管生娃结扎上环的事情。他以为是个蛮轻巧的活儿，又有百十元的工薪，就应承下来，后来才发现，中国的计划生育工作真是不太好弄，就开始天南海北地跑。

　　我在城里闷了，给他打个电话，坐车一两个小时便到他的地盘，往往是他早早在公车的停靠处，模特一样站着，面有村干部常见的微笑，及我下车，冷不防蟹爪般的手就钳过来。他说这叫热情。

玉敏是个有文艺细胞的人，练书法，家里一墙一墙的敏体，风一吹忽闪忽闪，我第一次到他住处，以为到了灵棚。饭橱兼作他的书柜，都是粮食，一样的待遇。他杂七杂八的书中，我喜欢哪一册，装了就是，他只会笑笑，说，不再看看别的了嘛，好像他的书是给我准备下的。

他从山上弄些古怪的石头，折些奇形的根枝，按自己的意思收拾一番，自己看，主要是让别人看。但他的卧室，是极为现代的，地上铺红地毯，睡席梦思，有冷暖空调，彩电碟机，比支书还阔气。他后来跟我说，都是出去干活的时候，在城里二手市场淘换的。一帮小老媳妇没事就到他卧室里纳鞋底拉闲话，说玉敏有知识有文化，又在外见过世面，是个秀才呢。

在一个村里，让人天天这样夸，肯定要得意的，只是电费有些多了。

他家那个地方，风景也还是可以看的，但我去，住一两个晚上，就急着要返。一个是受不了夜里的静，在城里想着安静，四处都喧闹，找个僻静的地方不容易。到这里静下来，却又不适应，夜里心跳都听得见，反而有了恐惧。

再就是玉敏兄弟的洁癖。他原来搞村里的妇女工作，颜面是个大事，裤子缝要直，头发至少能反射些光，皮鞋不可以沾灰。乡下走路，哪有不沾灰的，玉敏兄弟就能做到。他在我面前，一会儿抚弄两边倒的秀发，一会儿弯腰擦他的皮鞋，比如他过一会儿就要掏手绢的动作，如下了妆的戏人。

我说玉敏啊，你在村里，比大机关的人物都干净哩。他大笑，他一笑，看上去，更不像好人了。但我喜欢吃他做的饭，不论味道怎样，终究比别人干净。

我佩服玉敏的地方，是他的情商。早先我们认识，缘于听别人讲他的花边。他给一个女子的情书在一家小报发表，我寻了看，文笔不惧年轻时候的歌德，实在不亏待这个名字，就暗暗向他学习，毕竟有要用的时候。至于后来写不了东西，是他没有勤俭的观念，文思都花在情上了，而情又越来越不值钱了。

他很让我们这些自诩风流的人物艳羡了一阵子。事情终于不成，在这个城里做了才一年的文学青年，心一凉到另一个城里做了农民工，不及半载，就带回来一个女子，那女子比他白皙，比他丰韵，比他个儿高，比他家条件好。玉敏说，这一回我一首诗歌也没写。

玉敏是前年结的婚，成家了就得是成家的样儿，他夜里上山捉蝎子卖，把蝴蝶做成工艺品卖，后来又贩香油，哪一样也没让他富态起来。前些日子电话里说，你弟妹生了，是个闺女。

又说，想着以后女儿上幼儿园挺贵的，自己琢磨着办一个幼儿园，跷跷板都做好了，这头下去那头上来。先前不注意，生活原来是这个样子。

在文联章主席二婚仪式上的发言

　　文联的同志老开会，随着季节开，到这个风景好的地方，到那个能吃饭的地方，人围坐一圈，却说是开笔会。章主席要是不开笔会，就没有政绩。近几年章主席开笔会明显少了，众人都以为他土遁了。其实是后院儿起火了。

　　章主席在这个小城里，可以算是一景的，有"古都一瘦"的荣誉称号，这都是让诗歌这个东西压的。脑力劳动真不是个轻活儿。所以凡是女人第一次见他，都会可怜他，思忖他能不能娶上媳妇。但章主席是性情中人，又善于在诗歌里调情，口又敏捷，都是男人的时候，说荤段子，有女人的时候，说不荤不素的段子，女人第二次见他，就是有些想他了。我想，这是章主席综合素质的体现。

　　章主席今年四十岁了，正是年富力强，一朵花的时候，文联里都是文官，无甚油水，嫂夫人官比他大，实惠比他多，他的工资一分钱不用往家拿。这是多么让我们男人嫉妒的事啊。但还真别嫉妒，这样家庭就失衡了，不平衡就出问题。我说了，章主席人好，我们的嫂子也好，但两个好人搁伙计做生意，最后往往都不是好人。所以说，过去的就让它过去吧。孔老夫子说，一到四十，啥都看开了，章主席信这个，琢磨琢磨，就把婚离了。

　　章主席是去年离的婚，到便民中心办绿卡，还不好意思，一去了才发现，人都排着长队，有说有笑的，觉得离婚真是一件除了结婚之外的第二可喜的事情。在离婚后的一年多里，我们的章主席住在办公室里，写诗，吃方便面，除了见领导和女人，其他人基本不见。这中间对女人的筛选，让章主席枯萎的心开始萌出新芽，对人生有了新的感悟，说不离不知道，原来漂亮的高素质的未婚大龄女青年，实在可以从北关的郊外，密匝匝地排到南下关的玄鸟。说得我们心里都一动一动的，章主席说，你们谁也不要想着离婚，谁离婚我不跟谁交朋友。

　　今天是章主席的二喜日子，选的这个时候挺好，年节的鞭炮声依稀传来，这是全城人的贺喜。但是就在这个时候，作为朋友，也正因为我比你小十岁，和新嫂子同龄，有必要不顾情面地说些真话，这也是为新人负责。

　　一九九四年来到古城，就结识了你，那时候你是副主席，十年后的今天你仍然是副主席，说明我们的朋友关系很牢固，你喜欢热闹，喜欢呼朋唤友，我们一大帮的人，围在你身边，以为你就是公款，吃吃喝喝多少年，你自己背后一算账，搭进去两万块钱的伙食费。这事除了我，其他人还不知道，以后就不要这样了，别把面子看得比钱重要。当然，你也不是不爱钱，你做生意，筹了几万块钱，一股脑儿交给自己的亲外甥，股红一分钱没得，本钱一分钱不见，亲外甥光剩下亲，外甥不见了。

　　老周家里有三坛酒，你偷偷跟我们说，酒不要，酒坛子要，用来腌咸菜最合适不过。我们都记住了，后来你去老周那里，老周说，扶风拿走了，扶风还说，给谁也不能给章主席。到现在，你连个腌咸菜的坛子也没有。所以说，见了面善的，心里要特别提防，你也老大不小了，能多长个心眼儿就多长个心眼儿。吃一堑长一智，不要该聪明的时候傻，该傻的时候聪明。

沁骑記

　　章主席的诗歌还是能看的，前几年在剧院举行你的个人作品朗诵会，给我的差事是剧务，我很高兴，事后才知道，剧务就是搬道具。这次我仍然是剧务，一比较，还是搬道具合适，当伴郎，吾又不能好德高于好色，很难受。新嫂子脸上还有两粒青春痘，这是活力的标志，不要做美容了，手感虽然不好，看着心里舒服。

　　你们的婚礼，应该是双赢的，章主席年轻了十岁，新嫂子成熟了十分，我们作为朋友，一块石头也落了地。值此辞旧迎新之际，章主席可以搬出一室一走廊不适合人居的环境，到温馨的日子里享受天上人间了。章主席是共产党员，头脑要保持清醒，原来的家已成废都，今日的家方是新巢，要珍惜机会，如还想着三婚，那肯定是想谋我们的什么。

　　再对新嫂子说两句，章主席这个人诙谐惯了，要是明天清早一起床，主席不见了，被窝里塞一百块钱，您千万不必生气的，说明他知道往家拿钱了。好了，碰杯，上菜。

亲子絮语

儿子啊，你今年五岁了，你人生的第一个五年计划，就在你懵懵懂懂的恍惚中过隙。而我已三十出头，照照镜子，有白发比青丝挺立的坚强。你的脸蛋儿盈了丰润和个性，我的鱼尾纹编织着圆滑和世故。我开始嫌你的母亲丑了，你开始学会恭维你母亲的姿容。

自做了你的父亲，你母亲就不停地和我争执关于母亲伟大还是父亲伟大，其实这是没有多大意义的。虽然你张口一个妈，闭口一个妈，和我单独在一起也喊我妈，我是不会计较这些的，我知道，你还是年轻。

你的父亲是个下了岗的工人，这注定你血统的不高贵，但这不妨碍你的不平庸，这可以让你用底层的目光丰富你的思想。不过终究有些委屈，也是没有办法的事情。种子有的在沃土，有的在盐碱。你现在还模糊，待你清晰了，你会明白，屈后而伸，伸得才会惬意。

你母亲在有了你后，一直到生下你，水果的供应全是红萝卜，我趁天黑往家扛，所以生下的你，是富含胡萝卜素的健康婴儿。这是我们家一直秘不外宣的，主要是怕人笑话。你一岁的时候，胖，你是喝奶水长大的，你母亲姓牛，我说你是喝的牛初乳，竟长到三十多斤，见了你的人都称你弥勒佛。

沐浴记

而我是个瘦子，我一个瘦子，能养出一个胖子，在我们这一带，是很有些名气的，我也跟你尝到了出名的美妙滋味。你给我脸上贴金了，我谢你了。我微薄的薪水要应付家里的一切开销，你又懂事得很，能省下来一大笔的奶粉钱，就给你添了一台空调，你胖，夏天老出痱子。你是咱家最好的宠物，空调是咱家最好的电器，别人来串门，这两样要做重点介绍的。

我是你的父亲，在我做小人儿的时候，我偷人家的东西，也偷自家的东西，我对偷是不陌生的，实在是因为那些瓜果梨桃之类，稀缺得很。父亲只是一个年长的称谓，不代表伟大和正确。但，我希望你能够正确对待父亲也会有错误的问题，不要老是我一不对了，就一直揪我的小辫子。这方面你做得好，是因为父亲一直关注你的人品，你的大道。你有恶，我是决不会宽恕你的。所以有件事我要提醒你。在你两岁的时候，你因为生病，到诊所打点滴，我下了班接你，我说，看你以后还不老实，你定定地看我。回家后我坐床上，你咚咚跑到门口，掩上门，靠门后一蹲，朝我招手。我以为你要和我说体己话，颠颠地在你面前蹲下，你穿开裆裤，尿了我一身，不是我反应快，要弄一脸了。而后你一拉门，哈哈大笑，跑了。

儿啊，你才两岁，你就知道不吃亏，这不是个好的现象。你受不了，说明你的不韧，父亲跟你说，不是什么时候，都可以亮剑的。你这把剑，我还是需要打磨很长时间的。

你的父亲我没有上过大学，你见我放在书桌上《大学》《中庸》之类，是用来装门面的，所以没有知识，内心就永远地痛。我催你学习，做作业，是我的义务，不是和你过不去。你看见我在房间看书写字，就说父亲的老师不好，没见过我做游戏，我就感激你，理解做父亲的苦。

现在大学不是那么难上了，只要是个大学，你读了，我就高兴。

看你一天一天在风里长，我就想，你只要长大有个事干，我就高兴。看见有人办喜事，我就想，你只要有个女人，我就高兴。但千万的，不要学你的父亲，读些唐诗宋词来抄，酸溜溜地让人指点。

　　明年你就要幼儿园毕业，从小学开始接受义务教育了，虽然是义务，父亲尽的义务可能比国家要大，我会尽我的最大努力让你过得比我好，你也要努力，毕竟你是独立的个体。如果你以后看了，嫌我的话层次不高，是因为没有做父亲经验的缘故。

沙锅记

902

一想起这个数字，就清晰地浮现出那段葱白一样的岁月。早些年，到省城出差，找 902，金水路与中州路交叉口向西一百米路北，当年的录取通知书上就是这样说的。没了，出现的是一个高级住宅小区，交叉口是一座四通八达的立交桥，我当时站在桥下抽了支烟，望着车来车往，人流如织，没有一个是 902 的人。902 对面，是人民公园，那时候还收费，就站在金水河对面，朝公园里张望，金水河里的水很清，还有水草。父亲送我来的时候，就跟我坐在金水河岸上，闲着查一分钟路上跑过多少辆车，查不过来。父亲说，你到大城市了。

一

我的通知书上，录取的专业是铸造，据我当时的理解，跟村里做铝锅铝盆的手艺应该相似。把铝片放在火上化成水，倒在沙子做的模里，冷却后把沙子扒掉，一个美好的亮闪闪的，有时甚至还会很精致的铝锅就成了。这个活儿最适合冬天干，守着一个火炉，每做出一个满意的东西来，得意地敲敲，声音清脆，白璧无瑕，再舒服地点一支烟，享受一刻的成就感觉。但我稍有些不明白的是，农村人都会做的

手艺，还需要在学校里花三年时间吗？

　　我的班原来是905。905是铸造班，全是男生。开始上课了，我才知道铸造原来也可以很大，不做铝锅铝盆。老师示范时，端一个长长的铁勺，装满满一勺铁水，上到几米高的台上，倒进去。我们的工装，全是帆布的，黄色的大皮鞋，踢人一脚能踢成残废。每当我们全班同学排着队从校园里经过，叭叭的声音惊得女生们吐舌头，我们得意地称我们是这个学校最男人的队伍。我的同班老乡，个子高，全校就数他高，外号叫大个儿，他拍着我的肩膀说，好好端铁水吧，一毕业，你也就能长高了。

　　这确实是个体力活，怪不得没有女生。905的老师布置了一道作业，让每个人谈谈对铸造的认识，表表决心，因为这个工种，学生很容易流失，受不了这个苦。同学们一个个抓耳挠腮，互相问咋认识的，决心咋个表法。他们大都写半页，我写了两页半。老师像我一样很瘦，我怀疑他当初是怎么从这个专业毕业的。他说，我看了你们写的，写得最好的是杜同学，我给你们念念。老师就念，说，你们看，这一句多好：铸造，也是锻造，要在工作台上锻造我们的理想；铸造，更是创造，要在人生中创造我们的未来。

　　没过多久，学校里发了个通知，902班学生不足，如果有愿意调专业的，可以到教务处报名。我一看到就跑去了，第一个报的名。老师知道我要调到902，半天没有言语，我很愧疚，他对我很照顾，并不让我像大个儿那样端很重的铁水，可他还是很理解，说，调去就调去吧，你不适合干体力活。他的名字我已经记不起来了，只记得走时，同学们都很愕然：他不是表的决心最大吗？他这样眉清目秀的也能当叛徒？他不在这里创造美好的未来了？

　　902班是车工班。女生三分之一，男生三分之二，总共才三十个。班主任是刚从河大毕业的，学哲学，也是眉清目秀，正谈恋爱。实习

沐镐记

老师个子高些，鹰钩鼻子，很帅。902班就在905班的斜对面，我有时就进错了，进错就进错了，这一节听铸造，下一节听车工，老师说你不能脚踩两只船，渐渐地就把重点移到车工上了。我还是喜欢这个专业，把一些铁玩意做出许多花样。实习老师第一次给我介绍车床，我看着车床上一卷一卷车出来的铁花，就兴奋地上去摸了一把，手掌心立刻就煳了。

我上的是河南省技工学校，现在改叫河南职业技术学院了，我还一直叫技校，不愿叫技院。

二

现在想来，技校的生活不比大学的生活层次低多少，校园虽然小了些，但处在市中心，什么都很方便。校门口一家永城的水煎包，印象最深。金水河旁一个卖凉皮米皮的摊位，最知名。十字路口的中州电影院，电影院对面，每到夜晚，夜市摊位林立，最经济的是鸡蛋手工面，一块五一碗，碗大得能装下我的头。这是余军说的。我第一次在凉皮摊上吃这个东西，一气吃了三碗，让902的女生看到了，回到班上就传，说刚来的杜同学，真能吃。都吃哪儿去了。

余军在902也是个最高个儿。我到哪儿都有大个头陪着。余军来自驻马店，父亲是个公安，他说他也要干公安，要不就可惜了这个个子。他打篮球很优秀，眼睛高度近视，600多度，远投一个准，看都不看。可要是看女生，非凑到人家脸上才能看清，这让他非常苦恼。因为与他关系好，我也到了校篮球队，他让我干中锋，我问中锋主要做什么，他说，站在中间，把球从左传到右边，从右边传到左边，不用投篮。

他喜欢上902的团支部书记了。团支部书记是他的老乡，长得很漂亮，苗条，纤弱，令人心疼。他苦恼，无助，那么大个个子，一下像软面条一样。其实我也喜欢团支部书记，我的喜欢跟他的喜欢不一样，我只是觉得她像幅水墨画，很淡很淡。毕业通信本上有她的照片，坐在一个公园的台阶上，白裤子粉上衣，面目含笑，一汪水儿一样。余军说，你说我能成功不能？我说，估计能，你长这么高，球打得这么好，你爹还是公安。

余军说，我们一块看电影吧，看完电影请你吃鸡蛋面。中州电影院下午人少，那个电影是个外国片，余军说管它是啥电影，心里边空得慌。现在我还是想不起来那是个啥电影，影片从头到尾，都是一个大卡车追着一辆小轿车，从开头追到结尾，没有别的情节，连别的镜头也没有，一直在公路上，追得人心焦。出了电影院，余军骂了一句娘，说外国人吃饱了撑的。我说那我们吃啥。他说，你想吃啥，让你点个菜。我说，我上次看见有个蚂蚁上树，不知是啥好菜。他说那就点这个。蚂蚁上树端上来了，碎肉末炒海带丝。我们哈哈大笑，笑得眼泪都出来了。

余军说，你老乡田欣，是咱班最好看的了，你怎么不跟人家说话。我说，她是市里的，我是农村的。902班女生并不多，出奇的是没一个丑的，最最好看的是三个，一个是余军的老乡团支部书记，一个是我的老乡田欣，田欣是宣传委员。还有一个是商丘的，叫啥名字忘记了，因为她老是不上课，打扮得花枝招展，常与不同的优秀男生谈恋爱，影响了学习，终于退学了。但退学后听说混得还非常好，大约是她家里条件相当优越，技校对她来说根本无所谓的。毕业后，团支部书记给我来过一封信，说余军一直追，让我劝劝他，别追了。我就给余军去了封信，跟他回忆看的那场电影，我说，大卡车追一辆小轿车。余军再没给我来过信，可能是记恨我了。

沙鸥记

三

我的班主任周宗杰，知道我爱写字，就让我当了黑板报委员，专事教室后墙上黑板的美化工作，黑板报工作是宣传工作的一部分，于是我归田欣管。我们班上只我们两个来自鹤乡。那时我还没见过鹤，就把她与鹤画上等号，她好像比较喜欢舞蹈，在学校的晚会上表演过一次，深深地吸引了905的大个儿。大个儿跟我说，她原来是咱老乡啊，你小子真有福。我说，你别动她。而其实，我跟田欣基本上不说话，更谈不上了解。

班上的毕业照里，少三个人。一个是上面提到的那个班花，另一个是我。照相时，我等摄影师一说好，我就把头往前面同学身后一闪。另一个，是开封中牟县的，我不想说他的名字，我都是叫他哥。他胖，壮，卷发头，自来的卷，有胡子，还很重。他家种的蒜多，中牟县的蒜远近闻名，他家是万元户，有钱。他不想上技校，可学习又不好，就玩。每每把钱花得精光，写信要钱，随便找一张破纸，上面写：爹，没钱了。

他也喜欢打篮球，跟我和余军在一个球队。三个人同吃同住同劳动。有一回，三个人把钱全花光了，硬是挨着饿，饿了一天多，最后实在受不了了，才张嘴向别人借了十块钱，跑到经八路去喝胡辣汤，把钱一扔：十块钱的。那时候胡辣汤五毛钱一碗，三个人喝二十碗。他最照顾我，都是把钱放到一块花，他的钱最多，最吃亏。他喜欢看我们大块吃肉大口喝酒，说这才叫男人。但他学习实在太差，好几门不及格，一次又一次不及格。

开除他时，我们到班主任那里求情，班主任向学校求情，说，球队里离不开他啊。学校说，打球是选修课。还是开除了。记得他走时，收拾完东西，请我们吃了个饭，点好几个菜，说哥们儿，以后到了中牟，我可能就是经理了，去时别给我提东西。但一转身，他眼圈也红，他说，我也不想这么快就让开除。

　　他没开除的时候，我到他家去过。借两辆自行车，出了省城一路向东，过中午才骑到。他的父亲是个中学老师，很温和，拿出珍藏了多年的古井贡酒。那是我喝得非常舒服的一次，我没想到酒原来可以这么好喝，就一直忘不掉。多年以后跟他通了一次电话，提到那次的古井贡酒，他说，那是我爹唯一放了许多年的酒，让你喝了，我爹说，同学，就像珍藏的酒。我听着心里就酸，我的这些同学，可是一毕业，就再也没见到过了。是一直珍藏着吧。

<h1 style="text-align:center">四</h1>

　　刘江鹏爱唱歌，港台歌唱得好，台风也很相似。我喜欢王杰，他说我忧郁。他是省城人，每天都可以回家吃饭，骑着个破自行车，边骑边唱，是学校里的明星。班里平顶山的一个女同学，最爱听他唱歌，渐渐地他们就躲起来一个听一个唱，渐渐地又开始在众人面前一个唱一个听，令人好生妒忌。毕业后平顶山的女同学就嫁了他，听说生活得还行，是比较成功的一对儿。

　　李亚军，三门峡人，我们都说他爸是开金矿的，他的皮箱最大，东西最多。他最爱跟班长吵架，也不是吵架，而是理论，像反对党。班长廉保华，一听名字就像个当官的，他同时是校学生会主席，杂务很多。廉保华长得就像个大哥样，成熟，风度极好。李亚军就像个调皮的兄弟，处处跟他闹，若是开个班会啥的，倒像是开晚会。李亚军心里不装事，说完便罢，该吃吃该喝喝，廉保华心里装事，一定要总结一下，以便下一步的工作做得更好。所以廉保华毕业就留校了，李

洛筛记

亚军回三门峡了。

马瑞丽，太康的，太康归哪个市不知道，只知道她是回民。她坐在我旁边，我有回说话说漏了嘴，她抄起课本打我。后来我才知道她是回民，就诚心诚意地道了歉，她接受了道歉。

王二勇，个子比我还小，成天身上就一件上衣，冬夏不换，吃饭每每一个人躲起来吃，不见他到外面吃，不见他逛街，只会捧着书读。他学习好。我以为他身上肯定肩负着什么使命，以至于苦其心志，饿其体肤。班里常常忽略他的存在。我喜欢写诗，他有时就要我的笔记本读，还跟我探讨。他家是西华县的，胡辣汤就是他们那里的特产，他说，去了管够。

李淑丽，跟李亚军是老乡，两个人回家同走，返校同来。她个子小，温顺，不爱说话，光知道学习。她坐在我右边的桌子上。我有时喜欢晚上独自到教室读课外书，她就会不声不响地提个暖水瓶放到教室，那时候我想当个诗人，一流的诗人，所以感觉不到暖水瓶的温度，只是她提来了我就喝，过一个多小时她再回来提走。顺便说一声该回宿舍睡了。现在想来，很温暖的。

赵军峰，新郑的，头发不卷，烫成卷。爱打架，在学校里组织黑社会，他说，我要保护902的同学们。他不欺负人，但别人欺负他那是绝对不行的。他为了一个外班的女生打架，同学们说他倒适合当公安局长，余军不同意，余军说他顶多到火车站当个混混。后来果真是到火车站做生意了，现在大约也是个款了。只是我多次从省城的车站过，一次也没碰到他。

任全，省城人，瘦，不爱说话。有一回班上上晚自习，有男生提议掰手腕。于是排好顺序，比出第一。我弃权，在一边看着。女生们在一旁加油呐喊。任全伸出胳膊，一运气，青筋突地就高起来，把男生们一个一个全掰下去了。最胖的张建文也没掰过他，不服气地说没想到这家伙这么瘦，劲却这么大，主要是轻敌了。任全得意地笑，说还有谁不服的。我在一旁说，我要是掰过你，是不是我就成第一了。他说，那当然。我就运了运气，跟他掰。他输了。我说，现在我是第一了。同学们说，你是黄雀，狡猾大大的。

五

技校的生活，一个星期理论，一个星期实习，学校里有实习车间，在校园的最后面。给我分的是 160 型的车床，最小的一部。机器的轰鸣声非常好听，像唱歌。与铸造班的工装不同，我们的工装是天蓝色，如果里面配上白衬衣，看起来很帅的。女生的帽子有点像以前的警察，把头发盘起来压到里面，干活时一不留神，从里面掉下来一缕，就更好看了。

廉保华说，你喜欢写诗，弄个诗社吧。就组织了几个人，办了个绿洲诗社，一时成为学校的文化盛事，我写许多我自己也看不明白的东西，印成铅字。我还得自己排版印刷，干得不亦乐乎。黑板报也不能落下，我还得练书法。为了保证黑板报的质量，还得学会配图。淡彦飞会作画，天天背个画夹，往各个公园跑。我想跟他学画画，他说，好啊，先买个画夹吧。就买了个画夹，上公交车时，发现有许多赞许的艺术目光射来。可后来发现，公园门票花了不少，我却没什么长进。

曹和平老师知道我竟然还写诗，就暗暗地给我减少工作量，于是我更加喜欢实习。我坐在机声隆隆的车间，望着外面的天空，构思我的下一首诗。学校要举行书法比赛，且必须是毛笔字，班主任周宗杰说，这回可该我们班露脸了，你上。我冷汗一下就流出来了，我摸都没摸过毛笔。这东西一时半会儿还真应付不了，可我又不能说不行，我说老师放心，没问题。课后，一直想着这可如何是好。毛笔有了，墨有了，纸有了，写不出来字。急得我把手指蘸上墨画道道，意外出现了，用手指写，也能写出毛笔的样子。就作了一幅毛主席诗词，还怪好看，自己起个名字叫指书。展出来后获二等奖。若干年后，我从书法杂志上看到说，有人发明了新的书写方法，指书，为此还生了两天气。

那时候写的诗记不清了，有几句好像是这样的：我像一只鸟儿，在天空寻找家，如果你看见我，请向我挥挥手吧。这是表达的啥意思，现在想起来也不大明白。可写诗严重地影响了我的学习。毕业考试后，回来拿毕业证，见到曹和平老师，他说，一考完你就跑了，我不放心，偷偷量了量你的课件，才能得40分，就半夜跑到车间重给你做了一件。后来我分到厂里以后，有个工友的脚有毛病，说省城有这样的矫正鞋垫，就托曹老师买了一双寄来。但至今那鞋垫钱还没给他，十五块钱。

周宗杰老师那时还没结婚，正准备结婚，一个人住教职工宿舍。他说，你会打麻将不会。我说不会。他说，不能光写诗，也得会娱乐，教你吧。晚上就到他的宿舍，还有班上其他两个男生。我确实不会打麻将，至今都不会。我一边起牌一边让周老师帮我看如何打，他很认真地教我，让我赢了许多次，最后走时好像我赢了好几块钱，另两个男生全输了。这是至今唯一打的一次麻将，保持着不败的纪录。周老师的女朋友也是大学教师，两人都是活泼型的，也喜欢打麻将。

六

学校占地少，一进大门就是操场。大门两边，西面的是男生宿舍，东面的是女生宿舍。操场后面是教学楼，教学楼后面是实习车间，侧面是食堂、澡堂。还没有公园的一半大。所以每到星期天，学校里根本就不见个人，全跑外面了。可能是憋得慌。我们第三年是实习，打乱以后分到省城的各个工厂车间。我待的是少林汽车厂，生产小客车。我们其实只能干些杂活，小碎活。晚上回学校休息，白天上班，中午不回，中午就得在车间吃饭。厂真大，想着以后毕业了能分到这样的厂，上辈子就算是积德了。

令我想不到的是，我跟马瑞丽分到了一组，好在再也没有发生过吵架的事情。还有其他人，别的班的，别的工种的，都有，但都是一个学校的。中午就各自吃各自准备的饭，那时是秋天了，开始凉，倚在车间的暖气片上，互相开玩笑，有时伤感地谈谈毕业后的事情。因为在不同的厂，回来的有早有晚，人心就像散了一样，想找谁也找不到。快毕业的学生，心情复杂一些。比如余军，心情就更复杂。

过了年，就是1993年，该毕业了。春节回家的时候，在车间闲着无事，用锉刀在砂轮上打了一把匕首，装身上壮胆。回家时坐火车，晚上，车上人挤人。觉得有个身体朝我挤，我下意识地一扭脸，看到一个黑胖脸，他的手从下面移到上面，轻轻地问了一句：兄弟，吃哪条线的。我一愣，突然意识到碰上贼了，愣了一下，说：我是吃陇海线的。他点头笑了一下朝前挤了。我坐的是京广线，我要说我吃的是京广线，他不得宰了我。他肯定是摸我包时，摸到那把匕首了。我回到家，掏出来弹了弹，铮铮作响。春节后再返校时，发生了一件大事。

七

我跟王二勇闲着没事，打乒乓球。累了，我点了支烟。停一会儿，过来一个衣着时髦的学生，问：还有烟没。我说，没了。他说，给我一支。我说真没了。他说让我搜搜。我不让。他一招呼，过来好几个学生，明摆着是想收拾我，我说二勇快走，就朝地上找砖头。那几个学生一看我还找砖头，脸上挂不住，纷纷上来拉扯。我想着今天估计就得头破血流了。这时候听到身后一声大吼：干什么的。我往后一看就笑了，开封的赵吉勇，胖大。他一叫，比我找砖头还管用，就散了。

晚上吃过饭，因为是星期六，在外面实习的有的就不回来吃了，在外面玩。我跟二勇在宿舍聊天，二勇说，毕业走时，你得把你的笔记本给我当个纪念。我说行。他说，我以后还得去找你。我说行。他说，万一找不到你呢。我说那怎么会。正说着，屋里冲进来十几个人，有的还拿着刀子，屋里就我们两个，还没反应过来，就被分开了，拳打脚踢，我一看不好，就移到墙角蹲下，护着头。我听到二勇啊的一声，人就全跑了。二勇倒在床上。打到他的头了，送到医院。

我鼻子上流着血。这个初春的夜晚，902班的男同学们站在学校大门口，整整齐齐地，保卫科长探着头看了看，又缩回去了。从外面回校的男女学生，看着味道不对，有的远远跑开，有的打开窗户看景。校门口像堆了堆火药，一点就炸。没过多大会儿，我就看到那两个带头的醺醺地回来了，应该是去庆功了。我一指：这两个是。赵吉勇、李亚军带头就冲上去了，顿时围成一团，只听得一阵阵叫骂与哀号，我站在人群外边，好像这个事情与我无关。

902的女生一个不落都在一边站着，有的提着暖水瓶，有的拿着杯子，给男司学供应开水。她们说，二勇那么老实，让他们打到医院去了，杜同学的手要是让他们打坏了，可咋写诗，只是别把人打残了，教训一下就行。他们把那两个边打边拖，一直拖到乒乓球台那里，说让他们长长记性，打得那两个在球台案下来回爬。保卫科长终于站出来了说，行了行了，别再打了。

那两个当晚送到医院，跟王二勇住一块了。后来说，那两个是重伤，估计得休学。二勇第二天就出来了，但脑子受了震荡，需要休养。第二天是星期天，同学们经过打听，还有两个省城的，从外面叫

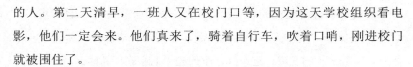

的人。第二天清早，一班人又在校门口等，因为这天学校组织看电影，他们一定会来。他们真来了，骑着自行车，吹着口哨，刚进校门就被围住了。

从此，902的人走在校园里，昂首挺胸。处分是：我的是开除，赵吉勇、李亚军开除留校察看，其他男生一律记大过。我一听说是开除，就准备买往广州的车票，我凄凉而又激动地想，也许我真可能以后要在香港的维多利亚混了。周宗杰老师说，那两个省城的，是当官家的子弟，但你别怕，这个事情没到最后。他从中调停，改为留校察看。

毕业时，花了五十块钱，把处分从档案里撤掉了。

八

毕业了。从1990年到1993年。我们这一届，是最后一届可以分配的，再往后就是自谋职业，双向交流啥的。我一打听，可能把我分到煤矿，就不乐意去，我害怕下井。就托熟人往别处安排，学校这边需得从劳动厅领派遣证。我不认识劳动厅的人，就买了两条三五烟，拎着就奔劳动厅去了。到人家办公室，问谁管发派遣证，有个胖胖的中年人，说是他。我说我是哪个学校的，叫啥，需要往哪派，不回本地，原因，等等。他笑着不吭声。我把烟往上一递，他吓了一跳，说你这是干啥，我说我实在是没招了。他没收烟，事办了。

我拎着烟回了学校，往桌子上一放，说兄弟们，抽。这是902班男生抽得最好的一次烟了吧。学校发了毕业纪念册，可以留言。我先跑到905，说，还记着我的哥们，就留个记号吧。然后拿回902，请同学们签字。我也给他们和她们签字，抒发一下豪情壮志，盼望一下美好的未来，其实我们的未来不用盼，分的全是工厂。后来我下岗时，想到他们或她们，是不是也有下岗的，和我一样苦。

涉狐记

　　我特别想念念他们的名字：周宗杰，曹和平，余军，赵吉勇，李亚军，廉保华，淡彦飞，韩兵，田欣，马瑞丽，李海祯，张建文，邓志广，丁利民，谢文峰，赵军峰，李伟光，刘江鹏，郭继红，郭海燕，朱丽丽，朱霞，赵峻岭，任全，田新军，李素丽，王二勇，刘斌，韩晓娟，李永丽，刘小玉，赵春玲。还有中牟与商丘的同学。加上我，计三十三名。他们中，周宗杰与曹和平的签字很漂亮，其他男生写的全跟小学才毕业一样。女生们签得文静一些，有的想让我有钱，有的想让我有个好女人，有的想让我当大官。很可爱，全是实现不了的。

　　我不喜欢照相，在学校时唯一留下来的一张，是为了给家里人寄的。紫荆山公园，一树花下，土坡上，黑裤白上衣，胳膊上搭着西服，脸白生生的，胖乎乎的，跟个经理一样。父亲一直存放着这张照片，说大城市就是好，看把你养的。我拿着毕业证回了老家，先在一个学校里守校，其间接到过田欣来的一封信，很高兴，她嘱咐我什么，记不大清了，那是毕业后接的第一封信，这让我很感动，当时我正躺在学校的椅子上听知了在鸣叫。

　　再后来我上班了。父亲打来电话，说王二勇的母亲到我们家了，她找二勇，二勇离家出走了，走时说他要找一个人。他家里人从他的书本里翻出我的笔记本，上面全是我写的长短句，回忆他说过的话，说过你的名字，而且这次是第二次了，上一次就离家出走，不知咋的走到内黄，让一个好心人把他送上回去的车了。我一听就惊呆了。二勇的脑子是不是真的留下后遗症了。

　　他的母亲来到我这里，我才知道，他们家一点也不穷，而且是富户，开着一个皮鞋店，他母亲给我捎来一双鞋。她说她在家老听二勇念叨你，说你比他强，他要向你学习。二勇有个叫大勇的哥哥，家里不缺钱花，但他从不乱花。我安顿好二勇的母亲，写了无数寻人启事在古城的街道上贴，跑到电台跟电视台，掏钱做寻人广告。他母亲待了几天，觉得也无望，就要回，我要送她回西华，她坚决不让。后来我按着他家的地址一直去信，没有回音。直到现在。

902 就此散了。一散就是二十年。那时候电话很稀少，大多都联系不上了。于是幸存的毕业纪念册，成了唯一一件值得回味的物什了。我后来认真地翻看纪念册时，发现只有田欣是写的几句类于诗的东西。后来听说她当了幼儿园老师，很欣慰，她适合这个工作。

九

902 班只是河南省技工学校一个极普通的班，它在整个学校的历史上只会留下这个数字和一串名字。这一串名字里会发生许许多多的故事，我怀着极其坦诚的心情回忆他们的美好时光，我不可能知道这些名字的全部，我只是把我知道的说了出来，每个名字都是活生生的，现在还都是活生生的，生活在河南或者其他地方，有些我已经忘记了，希望 902 的同学能有人看到，补充你们的故事。因为有你们，我才认为自己这一生考的是最好的大学，上的是最好的专业。

因此我一直认为，中国著名高校的排名分别是 902，985，211。

红楼十记

一

　　一九九四年的深秋，于我是一个转折的季节。我可以从学生时代逃出来，做一个自由者了。这个时候的自由，其实是从一个手掌心到另一个手掌心的过程。这个过程让我感到无比自由。我明白了五四、五四的青年和他们开始随意的文字。请原谅，我写下上面的题目时，我的心里充满着悲哀，这悲哀来源于我并不喜欢我现在所居住的，给予我刻骨和切肤的城市，这个豫北平原上的边城。直到现在，我也没有在她的气息中羽化。我在这个城市的一个国营企业踩下了第一枚卑微的脚印，它的慌乱和不确定性似乎早有指向。这个秋天，我一直读《红楼梦》。我的第一个职业是厂里的巡逻队员，工人们暗里叫我们"狗"，这个称呼让我很容易联想到平原秋野里，猎猎威风的霸气，所以不感到不快。因为到一九九五年春节也就剩两三个月的时间了，也没什么故事可以讲出来。为了不扫阅读的兴趣，我说两件事。

　　第一件是岗楼事件。我夜里值勤的点儿，有一座小岗楼，似现代农民建的水塔，如一枚硕大的二踢脚竖立着。我一般都要在岗楼的二层待上很长时间，它的角度很好，可以从瞭望孔里以独特的视角看到车间里一位操作车床的女工。她漂亮与否不清楚，但她凸凹有致的线条促使我开始勾勒起自己的审美体系。于是往往顾不到保卫科长一丝不苟地查岗。科长说，年轻轻的，我把岗楼给你拆喽。这让我多少有些愤怒。

我是个读书人，我读过《三国演义》《水浒传》，熟知三十六计。我在岗楼的铁梯上精心地洒上水，让它结成薄冰，甚至还可以有美丽的冰挂。我在欣赏人体的同时还看到了保卫科长一跤摔下去的悲喜剧。这是我和保卫科长共同的滑铁卢。第二天，我被收回了本来就不合身的制服，一根我只能用来捅梧桐树上摔下来的大肉虫的电棍。我被交回了劳资科。第三天，我重新分配，到车间当钳工。我遇到了在夜间车间明亮的大灯泡下线条凫凫的女子，她的脸上有许多小的酒窝，笑起来一点也不迷人。这多少让我有些失落。

第二件事是关于红楼，这才稍微扣了一点题。大致在元旦前，厂里通知我说，可以搬进宿舍楼了。这是件好事，我可以不用漂了。这就是我的红楼，在厂门口，一边儿一座，都是三层。七十年代的建筑，刷的红漆早已斑驳。西边儿一座是厂领导们的科室，我和许多工人在东边儿的一座。想，那边白天热闹，晚上冷清，这边儿白天冷清，晚上热闹，怪有意思。我住三楼，八十八号，还有一位老师傅，同居一室，他弄得房间像囚禁他的单间。他矮胖，面善，在厂里开巨大的龙门吊。他有哮喘，所以我清早起床根本用不上闹钟，他总是在八点之前大声咳嗽一阵，直让别人心里都充满同情才罢。我住进来，新年就到了，鞭炮声渐近渐稠。他们是在给我暖房呢。

其实我只是拥有了一张床。

沐浴记

二

我是不关心时事的人。外面精彩的世界早已开始破冰，我幸福地躲在温室摇曳。依着工资渐渐地增幅，我觉得改革开放肯定是个美好的事物。一九九五年的春夏之交，带我的师傅，一个瘦瘦的帅气的三十岁出头的技师，突然不见了，班组的同事都暗里传，他下海了。我以为他真的出海远航了。我们这儿离海还远着哪。快秋的时候，他回来一次。我们围住他，才知道他是暗暗地停薪留职，开烟酒批发部去了。他穿的是梦特娇，我看见他白衬衣口袋上那一枚质感很好的花朵，以及隐约可见的几张鲜艳夺目的慵懒的人民币。他成为我们的榜样。

我师傅的优秀和我的不优秀让班组甚至整个车间的同志们，在相当长一段时间有了谈资，我好像成了反面典型。我下了好多次决心之后，到一个劳务中介所交了二十块钱，找一个晚上干活的兼职。小姐问我：住什么地方？我说红楼。我们市的老地委家属院，老百姓称作红楼。小姐开始热情：旁边就有个酒店用小工，洗洗盘子刷刷碗，一个月二百。她以为我是失意官人的远亲。我在这个靠着火车站的酒店干了两个晚上，从下午六点到夜里十二点我要像个熟虾米一样弓在水池上。第三天我就和经理说不干了，再干我就垮了。胖经理说我以前比你还瘦，你不拼咋会赢。我还是走了。但在记忆中，他的鄙夷一直给我温暖和力量。没招儿了，我写一沓子诗歌，您能够想象出来这样的状态下究竟能够写出来些什么东西。我打听了，市里有个文学社，说能够培育作家，跟农民种庄稼一样，一茬一茬的。我信了，当个作家也不错，卖字儿，往前推多少年，卖字儿的里边可没少出能人。我揣着诗稿去找文学社长。在一繁华胡同的小饭馆里找到了。他忙，饭馆是他开的。其时他穿一个大裤头，肚脐眼儿都露着，一伸一缩地配合呼吸。他正拿蝇拍追苍蝇，正午了还不见顾客。我认为他有四十来岁，他说他二十四五了。他一边用手搓身上的汗泥，一边看，说：没一首可以称作诗的。现在看来，他当时的蝇拍准确无误地拍到了我的头上。几年后我才突然意识到，这个夏天具有多么深远的历史和现实意义。

三

当一个冬天渐渐褪掉厚痂，俏丽便探出头来。年轻时精力旺盛，总是在春天庄重地立一些目标，像遗嘱般，却往往完不成，又到下一个春天修正。我到旧货市场上买了一个书柜，希望它能显示我高雅的品位和爬格的决心。我是个油渍麻花的工人，在这个集体宿舍里，我是唯一拥有书柜的人，热衷于在里面摆上他人尽量看不太懂、有些我也看不懂的东西。那些可供消遣的，封面上有女郎之类的，我一般放在褥子下面的隐秘处，偷偷地欣赏。现在看来，褥子下的那些东西，对我的帮助其实远大于书柜里油光水滑的典籍。我的附庸注定了我只能附庸。这是虚伪的一种表达方式。

所谓君子取名，抑或是利，不比君子外的人，可以放了胆，君子是至少面子上要好看一些的。取之有道，抑或盗亦有道。原先的国营企业，如一个小社会般，吃喝拉撒竟能全包了，摇篮一样舒服得让人丧志。厂里有一个规模还不小的图书室，安排了一个大约五十多岁的女人管理。办借书证，换书，手续都是她一个人打理。我有些羡慕她，但她不看书。每每借书，总是瞅着人多的时候，挤到窗口，说，这本，又指，那本。她不急不恼。我出来的时候，手里拿着《红与黑》，胸口贴着《安娜·卡列尼娜》，间谍一般。如此，书柜里列了一排中外名著。扉页都撕掉了，上面有红戳，是罪与罚的铁证。大约两三年后，厂里效益越来越差了，图书室装修成了对外开放的歌舞厅。我打听那些书的下落，说是卖废品了，才三毛钱一斤。我心里很不安。

比如朋友中有个信阳茶商，也是个儒人，出手大方，常买新华书店里的正版。他住的房子不大，书却扔得到处都是。信阳山水灵动，是个出才子的地方。有人让他做对联，上联是有花千愁解，他张口就来：无官一身轻。颇有竹林遗风。他的第一爱好是钱，第二爱好是书。幸亏如此，他如今赴京，散落下的有二三十本吧，落我囊中。他多看沈从文、张爱玲、张中行、黄裳几位。后来说，有一本《圣经》，是别人免费给的，他很遗憾丢下了。丢下就丢下了，不再拾了，但是不忘催我好生悟之。再如前面提到的那位社长老兄，藏书以品种齐全而让我垂涎。他在这个城市游走十年，搬了十来回家，越搬书越多。此人手紧，所以只能言借。就是言借，也是如牙疼般呲凉气，再重申是借，也得打个借条。我是个聪明人，知道这是挖人墙脚，便爽快地写借条，却不写什么时候还。他憨憨地收了借条，放在原书的位置。他存了我一大堆借条。渐渐关系亲密，他终是不好意思提，即使提了，也像他是杨白劳，底气很不足，常常说，你瞧瞧，你瞧瞧。这样的事情多了，我有时也心生惭愧，愧心重了，便端出孔乙己来，自慰一番。我现在能够语句通顺地把这些写下来，真是得益于这些人事，在此表示深深的谢意。

四

我想谈谈关于入团的事情。刚到车间的时候，我们班组有一个小洗澡间，可供三四个人同时洗浴。我在一个周末和车间的团支部书记一块儿泡澡。他和我一个姓，便亲近了不少，他问我入团没有，我说没有，他便劝我加入，我不置可否。他后来一直没再提起，让我有些失落。其实我是要求上进的。一九九七年，厂里的销售突然滑坡，我和另几个工人被派往总公司的子弟学校进修营销专业。时间为两年，只拿基本工资，学费书费由厂里报销。说实在的，坐在课堂里的感觉跟以往不太一样。因为我的字体还算清秀，便被同学们推选，专门负责办墙报。后来班主任让选出个团支部书记，大家图省事，又让我当了团干部。进修的两年风平浪静，我只是收收大家的团费，收不上来的，我便偷偷垫上，也没几个钱。校团支部书记以为我很能干。在结业的时候，嘱咐我，班上谁还没有入团的，快快报来。我站在讲台上大声通知，心里却好笑，通知完我就把名单报上去了，就我一个。校团支部书记是个刚当了父亲的年轻人，笑得前仰后合，边说，你瞧瞧，你瞧瞧。

于是我和校团支部书记聊了一下午关于入团的经历。我在初中的时候，我们班的团支部书记很让我崇拜，他有一股正气凛然的气魄。十几岁的孩子能有这样的革命气质确是乏见。他代表上一级讲话的时候我们就像新兵蛋子。我用两个晚上涂了一篇要求入团的申请，自作聪明地专门找了一枝红笔，工工整整地书写好。没几天，团支部书记在班上讲，有些人对团组织太不尊敬，竟然用红笔写申请书，这不是要和光荣的团组织绝交，划清界限嘛。我夭折了，我固执地认为用红笔是表忠心，跳忠字舞。我的这位同学现在已经是我们县县委组织部的骨干了。他和我现在当校长的父亲常有来往，春节还送来两条肥鱼。我的父亲大约没我固执，不能将鱼悬挂在门楣上。然后是到省城求学，也是在最后毕业的时候，班里一查，我还没入团，要"消灭"我，连申请表之类都有人替我填好了，只需要我一个签名。

沐浴记

五

行文至此，我已经绕不过一个问题，那就是我的发育已经成熟了。我记得很清楚，一九九八年，我把那本从地摊上捡到的《少年维特之烦恼》带在身上，庖丁解牛般地读。我被歌德俘虏了。我开始喜欢听一些电台关于交友的栏目，在夜半时分，窝在被窝里。顺便捎带一句，我的被子从来不知道该什么时候洗，什么时候晒。集体宿舍中有成对的工人夫妻，有性格开朗的单身汉，单身汉的衣服自己洗，往往洗裤头的时候，对着一小片儿污渍，夸张地叫嚷：孩儿呀，不能怨爹爹心狠，实在是因为你没有娘啊。平原语调里竟能吼出来秦腔的苍凉。也有打扮干净的女子上楼下楼，便搅动一池春水。这一年我的进修还没有结束，但已经没有什么课程了，我可以专心于这个方面的事情。现在的恋爱抑或婚姻，有中间人的大致还在多数。我心里竟然储了一些浪漫，和交友的女孩们鸿雁来往。我做梦都梦见媳妇了，而且还不跟我要这要那，虽然这梦经常被同居师傅的哮喘声打断，但还是能让我在充满异味的被窝里享受到温暖。我没有过对一个异性刻于骨的感情，在初中时班上有早恋的一对，我紧靠在维护道义的一边，虽然心里也凭空地怨为什么男主角不是自己。想来令人发笑，这关乎人的深处的情性。

我现在只是客观地叙述一下关于我的初恋。初恋这个词也许不太合适，但也没有太合适的。也遗憾我不能说出她的姓名，那样每提到一次，心便紧缩一次，恐不能下笔了。她应该是这个小城里的一景，对我而言，我把她与许多的女人做过比较，但作为一个女人的基本涵盖，还是她揪我的心。于是她便突出于我的视野。而她的时代背景与我完全不同，我们唯一的共同语言是文字，她欣赏我那些胡乱创造的文字，我也欣赏她那些胡乱创造的心语，于是便愈走愈有些近了。我在书上看到一句：赠人玫瑰，手有余香。便认为是至理名言，认为是示爱的迷魂汤。选择了一个合适的时间在合适的场合送上了一束不合适的玫瑰。被瓦解的是我，她说，其实在情人节，应该上一道胡萝卜。我就许多天地闷在屋里发愁，觉得日子没法过了。但也得过，又开始写诗。在写爱情诗这个行当里，我是最最愚蠢的，爱就爱吧，偏偏却要喊出来，大字报似的，弄得人很尴尬。虽说满满的一本，其实没什么水平在里头。高手一般不这样写，高手都很含蓄。我的性格也不张狂，咋到这个事儿上就乱了阵脚呢，自己也琢磨不出个所以然来。作为最后的努力，我把这本诗抄送给她阅处并存正，她阅了，处的方法是交给我自己存正。我现在躲在自己书房里，等老婆孩子睡熟后，偷偷翻出来看，脸就红成了布，暗里埋怨那时候，完全可以找一些名著，如关关雎鸠、在河之洲之类来抄，也不会是这个结果。她只是吻过我的额头，像洋人一样，但我现在洗脸，能撇过去这一片儿就撇过去，所以我看起来印堂发暗，大约是这个缘故。进修毕业之后，回到厂里，进入销售处，我强烈要求到开封或者洛阳，这两个地方都有花，我想起前面提到的一个对联，有花千愁解。于是我到了洛阳。

六

这一年在我的记忆中是最浪漫的，它远远超出我所谓的单相思的初恋，它的存在让我的经历有了较为丰富的储藏，使我可以在时光的角落偶尔品味，觅到一些值得拈花一笑的禅机。在大唐的东都，完成我认为是生命中关于温情的最高境界，这对于我的职业，是极为失败的。我是个腼腆、柔弱、自卑、自负、懦弱的人，我的性格与推销员素质相差太远，虽然我做过传销，没有一个下线，但我的内心深处储蓄的冲动，让我背着简单的行囊和一大摞说明书、宣传页，开始大踏步在洛阳街头寻觅可以和我交易的生意人。我像一个侠，牡丹随处可见，名贵的还是在温室里，唐三彩也随处可见，质地好的还在窑里，洛阳女子很飘逸，虽然早不是大都了。我在洛阳的大街小巷里走，比我故乡的村巷还要熟稔。整个春天，我走在洛阳的路上，勇气和懈气始终轮换着敲击我。牡丹花依然雍容，唐三彩依然釉亮。整个夏天，我已完全熟悉了卖饮料、小吃的东长安口音，我现在都能给您吆喝出来，我已经觉得这个地方才是我生命中最需要安卧的城市。它的外面有许多大的坟茔，在平原和远山的映衬下，奶头一样给这个城市注射古久的脉冲。如果这里能埋我，多好。

　　秋天到了，北方的秋天都一个模样。秋风开始扫荡落叶了，我也耗尽了几乎所有的精力，这个时候，我在唐宫路的一个市场找到了暂驻，我认识了一个在市场做柜员的女人。她是个纯粹的洛阳人，她说，往上查几代，一直都是在这里，没有迁徙。她长得很有风韵，那是爱情滋养的缘故，她甚至都已经有一个快两岁的女儿了。她还竟然能够欣赏一些字画，这让我很吃惊。她带我去看龙门石窟，和佛像拥抱亲吻，但是不拜。去公园深处的地方看最名贵的牡丹，谈它们的品种、典故，她笑得又好看，简直就是一株牡丹。她给我背白居易的《牡丹芳》，十几小节，竟无隔阂。我只知王维有《红牡丹》，且只记得后两句："花心愁欲断，春色岂知心。"我陶醉了，我心底是不那么喜欢花的，一直都不太喜欢，看见别人养花，都很鄙夷他们的玩物。但现在我不这样看了，花是尤物。真的，如果你们都去养花，我是很赞成的。我一边向我的上司汇报这个市场是多么的商机无限，需要一步步稳稳地开发，一边和洛阳女子交流着最纯粹的风花雪月。她不写什么，也不画什么，她总是谈一些很哲理的见解，我要是记下来，则文字就俗了。而我这个时候的际遇，是很需要哲理来解释才能想得通的。

转眼冬天就到了，雪也开始下，我们又多了一些玩乐的去处，我的脖子上多了一条她手工织的纯白色的围巾，白蛇一样温暖着我的薄弱处。一九九九年的冬天我不冷，但我的上级终于不满于我一年来的一事无成，在电话里吼：澳门都回来了，你还不回来？我要回去了，她和她的女儿，刚学会喊叔叔的女儿，我们在一家小饭馆吃了一顿饭，我临走的时候，她说，有些很重要的东西，倘若丢了，便不重要了。我不是十分理解。又说，十分春态，付于明年。我只对牡丹的来历很深刻，说是被武则天贬到洛阳的，她家其实在长安。这都是坊间神话，可以不信的。

七

二〇〇〇年我结婚，我现在也记不起来是哪一天结的婚，这对于我的妻子是个不太令人满意的事情。她和我一样是从乡下到城里来的，门当户对一些。结婚我是不乐意的，不乐意又结婚，便掺杂了许多其他的因素。而她的朴素能干却让我十分踏实。如果有剩饭，那是她吃，但若是因什么事计较起来，甚至挥动老拳，吃亏的便是我了。她是一个体格健壮的女人。我去迎娶的时候，穿的是旧的西装，衣襟上甚至有一片油渍，鞋也是旧的，连灰也不掸。这身行头在跨世纪的迎亲队伍里还比不上我的伴郎，以至于到她娘家的时候，负责接待的把我晾在一边，对我的一个兄弟殷勤备至。这件事让我的妻子一直心怀不满，我的叔伯姑姑们对我父亲不满，我和父亲谈起这件事时，我们俩都会别过脸笑。我对待婚姻像对待衣服鞋子一样的态度，也多少扭曲了我的爱情观和婚姻观，因此我现在极不乐意参加他人的婚礼，必须参加，是份折磨。我应该力图改变这些，这是很卑劣的。

新婚没有给我多少喜悦。我的命运需要面对的是生存。本来是我

<h1>泌饭记</h1>

一个人吃饭，现在又多了一个苦命人。同室的师傅搬走了，给我腾出了房子，我很感谢他。他说，你应该感谢厂里，要不是没活儿干，你还得出去租房子。他说得很对。这个时候，我也没活儿干了，销售处要实行改革，我不愿意交钱，便主动退了出来，做自由人。主管的副厂长与我有一点私交，他原来在厂里宣传部，对我说，留下吧，留下吧，外面也不好干。我硬是走了，他很惋惜，他说我有才华，这让我感动。有没有是另外一回事。几个月以后，我看见他脸上漾着红光，开一辆面包车出出进进，却不往厂里走。他说他也不在厂里了，在一家广告公司，这是公司配的车。我很感慨。

别人一结婚至少是要幸福一个时期的，然后再面对柴米油盐。我没有过渡，直接就面对了，这在心理上的承受力相当大。所以我在新婚宴尔的时候，要四处找一些活儿干，要不我没饭吃，没饭吃的痛苦比没书看的痛苦大多了。可以食无肉，不可居无竹，一时显得那么轻薄和缺乏质感。我在二〇〇〇年干的主要工作是卖旧书。从废品收购站几毛一斤收上来旧书，分门别类用一块大塑料布铺在人行道上。要时刻警惕稽查人员，要领是打一枪换一个地方，收入不等，最高每日获三十元左右的利润。这样，新世纪终于跨过来了，没有留到那边。

<h1 style="text-align:center">八</h1>

生命在延续，二〇〇二年的初春，一个六斤九两的儿子来到世界上，这个做父亲的红头文件以他的一声嘹亮的号角通报给我。他的生日，严格到以分计，时常出现在我们家所有需要密码的地方。他的母亲在他的身边，脸上的幸福逐渐化为骄傲和自豪。我的父亲，在乡下也是个知识分子，一直试图从我嘴里掏出来他孙辈的性别，以提前享受幸福或消化无奈。这是极其不好的念头，我始终没告诉他。其实在

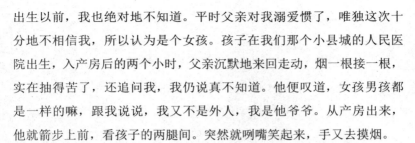

出生以前，我也绝对地不知道。平时父亲对我溺爱惯了，唯独这次十分地不相信我，所以认为是个女孩。孩子在我们那个小县城的人民医院出生，入产房后的两个小时，父亲沉默地来回走动，烟一根接一根，实在抽得苦了，还追问我，我仍说真不知道。他便叹道，女孩男孩都是一样的嘛，跟我说说，我又不是外人，我是他爷爷。从产房出来，他就箭步上前，看孩子的两腿间。突然就咧嘴笑起来，手又去摸烟。

　　我在儿子的啼哭声中也慢慢长大了。我深为肩上的责任感到幸福，这种幸福暂时冲淡了生活的艰辛，在我的红楼那间十四平方米的空间里，整日充满了脆脆的泣音，婴儿排泄的清香，洗刷尿布和锅碗盆的交响。这一切溢荡着繁衍的极乐。我一直想为他写一点什么，因为还小，无法写家书之类，自己的感觉吧，欣喜得又过分，终于不成。我在省城的时候跟一位擅丹青的同学学过素描，画一些沉思的雕塑之类，不过也丢得差不多了。可以腾出时间的时候，我把熟睡的儿子弄得一丝不挂，画了一幅他的写真。不真实的是他的眼睛的有神，站立的茁壮，尿撒得很远，意境完全取决于丹麦童话。我取名叫"胖娃壮根图"，想装裱起来，镶上名贵的框，以后挂在客厅的显眼处。他的母亲，这个不懂得艺术和欣赏的女人，竟然为了省去拖地的麻烦，用它包装了儿子的黄色粪便。这让我很惋惜和生气，艺术灵感不是像婴儿粪便，不经过消化天天都是有的。

　　楼上住的，都是一个厂里的工人。单身汉们下了岗，大多远走他乡，南方北方地寻觅去了。剩下的都是夫妻，或有小儿，凑合着住着，想办法挣一些钱，领一些下岗的生活费，日子也能过去。楼道里闲人多，就显得热闹。我们那一间，便是最可随意的去处，他们逗逗小儿，我在旁边不知所措地笑笑。谁有一句，呀，你可要多挣些钱啦，这个家伙许是会出国的，我的脸便尴尬起来。终于一天，有位诗写得很好的先生获悉了，写了首诗送我。我这里摘抄几句，因为他的诗行里，

沙篱记

大约有我垂泪的地方：

> 一个新生命的诞生（不是降临）
>
> 使我们满面羞愧
>
> 它代表全部的希望
>
> 而我们将是世界的没落
>
> 但这样说好像太残忍
>
> 我们也曾经是一些可以飞的羽毛
>
> 让众人举向头顶
>
> 我们踩着他们的肩膀向往太阳
>
> 直到有人告诉我们，我们就是太阳

九

　　我在一九九四年参加工作的时候，虽然并不喜欢这个城市，但对从事的职业还是比较满意的。我喜欢工人。我在车间待了有三四年吧，那些车铣刨磨的声音在我的耳膜深处时常鼓荡。每天一上班便分配好了当天的工作，边干活边说些伤大雅不伤大雅的贫嘴，让人干得更起劲儿。如果班组里突然分来一个妙龄的女毕业生，干活儿简直就是享受了。往往这个时候，活儿不够干，班组里其他的女性们，便酸酸地在一旁说些风暖风凉，逗人可乐，一天就过去了。但现在终于连工人也做不成，人们都四散去了，好不容易聚到一块儿，却又不谈先前的趣事，像是耻辱似的，倒让我觉得有些落寞。我找到一份在机关编简报的工作，这是本地最高的行政机关，里面有许多养花的花工，兼管修草，还有电工，水暖之类的工人，我和他们一样是帮工，所以薪水也差了许多。但这终究是份差事，让我不至于闲得累得慌。薪水少一些，也是只求糊口，那些放在抽屉里的远大理想还在懒懒地卧着。我坐在机关宽敞明亮的办公室里，看见窗外如蝙蝠一样贴在玻璃上的保洁工，我敲敲窗户，递过去一杯水，他们很吃惊地说，谢谢领导。我不感到膨胀，只感到失望。发呆的时候就想，想一想就笑：白天我在这个城市里的上层建筑，晚上我在这个城市里的下层市井。这足可以锻炼我荣辱不惊的品质。机关就是机关，不是那么随意行事的。小车鸣笛进门，灰制服的保安是要敬礼的，不论你心里怎么想，面带微笑，因为你是服务行业。我是自行车者流，进门主动下车，却不知道是要对谁尊重。门槛是个必须让人抬脚的地方。再如院里的树，大多松柏，庄严肃穆，不忘记栽一些花儿，四季都有的品种，哪个季节都会让人赏心悦目。但你看不到有人欣赏它们。偶尔有头发花白的，从楼上搬一个空盆，到院里的松柏树下，扒开落叶，刨些肥土，养他们温室里的娇艳。整个楼都是静悄悄的，无人一般，但你不慎碰了一扇，便有一个从报纸间探出的头来，诧异地盯着你，也不说话，然后你道歉说对不起走错门了。我很长一段时间不习惯这样的院子和这样的楼。但社会在高速发展着，从我身上看不到，从另一种文字里感觉却很明显。我的朋友说，要不到我的厂里做事吧。我说先不吧。我还不知道机关的妙处。

十

从一九九四年到二〇〇四年，我在这幢集体宿舍楼被我称为红楼的地方住了整整十年。但我的叙述中涉及这幢楼的地方不是大多。不是我不想面对它，实在是我太想面对它。它至少见证了我在这十年里的所有悲欢，所有隐私和逸闻。它简陋的筒子楼的模样为许多国营企业工人所熟悉，它的静伫后面有一双哲样的目光可以穿透纸背。

涉筋记

二〇〇二年夏天的时候，它朝向街道的阴面张贴了好几张关于宣布企业破产的布告，上面盖的鲜红的印戳结束了它的时代。终结是另一种新生。在这幢楼上居住的人们开始寻找新的栖息。我的儿子已经三岁了，会说话会走路，而且可以思考了。有一天回到家，他突然说，爸爸，咱们搬家吧。我的泪就落下来。这是我整整十年的巢穴，我在这里工作，恋爱，结婚，生子，我一生中最值得纪念的东西都让它看让它听让它嗅。大约在一九九六年的时候，那个时候我成夜地熬，读书写字，写过一篇关于这座红楼的文字，也请一位编辑老师在报屁股上发表，算是对得起它了。我对儿子说，搬吧。于是整个二〇〇四年，我们也加入搬迁的行列中去了。我收拾物品，怎么也找不到原来写的那篇文字了，原本是要找出来，烧给它看，祭奠一番的，白白地就没了。许是它已看到拿去了也未尝。

二〇〇四年的深秋，我们搬到新的住处，要比这里舒服些。我却是夜里睡不着觉，老觉得心里不踏实，做一些古怪的噩梦，都是在老舍里发生的背景，醒来便一身的汗。怀疑那里可能藏了我一些肾气。一个雪天，街上满是一个地下歌手的第一场雪，我徒步到老舍去了。人都搬走了，它就一下子衰老了，墙皮突然间就剥落，钢筋暴露出来，狰狞痛苦的样子，却一点不锈。打开门，遗散下的废物都发霉了，这才几天啊，墙角就落下水来，顺着淌流，蛇一般在屋里游走。我身上一股寒意。又是到新年的光景了，我真担心谁家的鞭炮惊了它，或者它松了精气神垮下去。我走的时候不敢回头，我耳膜上有倒塌的声音。不知道是它还是我。

第八回

曲水・流章

太行是先生的院子

先生迎出来的时候，在路口朝"山水印象"闲望。生活小区取名"山水印象"，在这个地方非常适宜，目光所及之处高耸的太行映衬下，散淡着安逸的精神。先生等人，亦安适得不急不躁，仿佛要等的只是别人来喊他。只好喊了他一声，吓他一跳，算是见面的礼节。

先生作文，居官，退休。居官，在小城会议室坐前几排，作文，到人民大会堂坐前几排。习惯坐前几排的人物，一退下来，没得前几排坐了，会叹人走茶凉。但这与先生的作派实在不是一个思想，他应该最喜欢人走后的茶凉。知道他退下以后，心里是暗自窃喜的，因为居官的茶凉了，作文的茶便可以温存了。

其实他是个居官居得非常好的人。红旗渠边卖凉皮的年轻媳妇，都说读过他的文章，并念出来。想想先生，绝不是因为居着官，命令卖凉皮的年轻媳妇须得读他的文章。先生写散文，常在中国的高级报刊上发表，也绝不仅仅只是影响了红旗渠边一个卖凉皮的年轻媳妇。这些证据说明，他是个非常好的文官。

于是渐生拜访的意思。他清闲以后，把其他的一应社会事务，全推得干干净净，在城里一个隐蔽的院子里，种植物，写文章，习书法。这倒不是最惊奇的，最惊奇的是他能把太行里的不寻常物件，一样一样弄回自家院子，而不是入山寻些空灵意思，而后只是与人谈玄。所以，他又是个实在人，从不空手而回，这一点他的爱人相当满意，一直欣喜没有看错人。

快要拐到胡同里时，他回头坏笑了一下：你们来得正好，我家红杏出墙。果然见一家院子墙头，探出绿叶繁重，压着红杏俏黄。抬头向上，可以闻见杏的酸甜香。一进院门，便被垂下来的杏碰到了头。先生哈哈笑，说凡入此院者，皆是幸运人。

小院不大，一丛竹，占着三分之一。他的文章里，描述过这个院子，来时也想象，院子里如何风雅。先生操着山里普通话，认认真真地讲竹子，竹高他低，竹瘦他肥，细到每一棵可以讲出前世今生，可以在夜里化成想见的人形。有两株青且粗壮的，在豫北的别处见不到，肯定有不同寻常的滋养办法，他反倒不讲了。

围着竹子们的，是各样的太行石头，随意堆在四周，不显得碍着谁的事，走上去，又需要绕两步。真走过去了，又不想绕过去，细细端详，好似在等着你一样，你且不作声，又好似它已作声，轻轻问候过你了。弯下腰来微笑着看望它们，它们以前躲在山里不同的角落，如今聚在一起，是准备商量作石头记的重要事情。

一棵木瓜树，生得累累，先生说这个品种，与银杏一样古老。我一直以为木瓜像地瓜一样，生活在地下的。我趁他人不注意，跑到院墙外面，想偷偷摘一棵出墙杏，好配得上出墙的意思。拧腰提气，蹦了几蹦，也没够得着，忽然探出一个女子的脸，朝我一看，又极快地退回去。我想可能是先生的爱人，早早把出墙出得厉害的，都掐掉了。先生说确实是他的爱人，早早把墙外的摘了，可能是怕我也出墙。又笑道：她的心眼儿比俺多呀。

先生的爱人，大高个美人儿，风度还要压过先生。相中先生后，最喜欢做的事是给先生送书，先生后来官至教育局长，与她的教育是密不可分的。爱人姓董，相夫教子，孝敬公婆，我们称她是唐董氏。先生笑着说，古人这样的称谓，真是含着无限的谢意，实在是没有什么不平等的。

先生书房在二楼。一张大桌子显得规规矩矩，笔墨纸砚，名人字画。其他的，一如下面的院子，到处摆的是石头，山野草，野灵芝。在阳台上看树根，扭得不成样子的，扭得正好成样子的，扭得看不出啥样子的。在阳台上看院子，浓绿满目，宁静淡然。从阳台上看城市，哪里能看得见什么城市，不过是山水印象。

先生存一幅极负盛名的画，是一位极负盛名的画家所赠，画的是太行风流。铺在地上，占满半个书房。我不懂得画，只认为把太行画在纸上，和先生把太行写在纸上，本质上没有什么区别，只是画家费的油墨色彩多，价格自然要贵些。先生写在纸上的太行，估计是按行论价的。

北京城里一位名人，说太行是先生的院子。于是说，既然太行都成你家院子了，我们还讲个什么的礼貌。先生育人无数，桃李遍野，是最讲礼貌的。先生开始不讲礼貌了，便如其书房挂的一幅婴儿图，是要复归于婴儿了，叫作常德不离。

先生姓唐，名兴顺。从读他的《致女儿书》开始，一直恨己无女。如今他的女儿们各自有了美好的院子，不用他再致了，便把自个儿的院子扩大到了整个太行。想他是个明白人，他的幸福就是能有个院子守着，闲走水穷处，坐看云起时，山水文章写得名动京城。外人到他的院子里坐坐，等于进了一次太行。外人进一次太行，不过是到他的院子里坐了坐。

执枝之手

　　"素罗衣"这个名字，听起来飘飘然，恍惚中不应该在现代有。《知觉》杂志繁盛的时候，主编酸枣先生托付为其做一次访谈，并许愿说如果做得出来，可以得一盒清茶。然后把素罗衣的文章发过来，那时候她还没有出书，文章放在网络上，许多人说好。素罗衣的朋友吕懿后来说，读读素罗衣吧，多好的闺女。吕懿的话说得意味无穷。

　　于是从前到后读一遍，所读的内容，后来都收录于她的第一本书《借花为名》。与她联系上以后，说，杂志托我，我亦托你，闲时说说文章，可以赠你一盒清茶。后来酸枣真把清茶送来了，我再也没有提起，偷偷与他人吃了，没有转送素罗衣。素罗衣非常配合地做了一期访谈，但直到如今，她也没好意思索要那盒清茶。

　　"素罗衣"这个名字，专门有一篇注解的文章，如何叫素，如何叫罗衣，她自己说明的。一个人起名字，是个很有意味的事情，内心就隐在里面。从蓬安向东北两千公里，北京城里一个叫"白描"的人物，关注到这个名字，暗地里常读她的文字，由诗及文，赞叹不已，几年后才因机缘，见得素罗衣，称其为奇女子。奇女子，有奇文是一方面，奇文之外的奇，才是女子的本性。

　　其实在白描先生之前，素罗衣的诗文传得最神奇的是在西安。西

沐箬記

安是一块文星灿烂的风水高地，文章书法，绘画评论，风流人物居多。她至爱古典，修习现代，古体绝句做得别具一格。其以"采乡台"为题，作三十首，首首各异，惊动长安。陕地文人喜之爱之，方英文在《说素罗衣》一文中，令其为"长安荣誉市民"。说，他人居长安不易，你人还没到，就居下了。

在为素罗衣作的评论中，白描先生的认识最为到位。子丑寅卯素罗衣，从古典到现代，从诗词到文章，先生发自内心地喜爱，又兼之有分析的才能，一个活生生的素罗衣悄然脱跳于纸上笔端。把素罗衣的文字点评到这个境界的，目前还没有人能超过先生。

素罗衣的文章爱花，无花不成文章，无文章不说花。川中风水宝地，天府人面皆花，笔下花神聚会，隔世笑闹悲欢。素罗衣以其为食，为露，以花为命，眼前是花，发际是花，醒来是花，梦里是花，别人情多累人，她情多累花。又仿佛不关花何事，得意是花，失意是花，晴日是花，雪夜是花，别人看花有开谢，她看花中无春秋。生就一双执枝手，只拈两朵在人间。

这样的人，又以不引人注目为幸事。不乐意这个，不乐意那个，不乐意的，又全是别人乐意的。喜欢这个，又喜欢那个，喜欢的又是别人不喜欢的。都多大的人了，坐下给千江写信，给吕懿写信，给伊娜写信，手工书写，兴致到了，还要折一枝梅寄上。收信的人也有意思，也老老实实坐下给她回信，一例手工书写，各展风姿。

也喜欢到处游历。比如到西湖，跟接她的朋友在湖边，双双坐着叹息，引得船家小伙看得呆愣。欲在苏小小墓旁独自凭吊，过几次而不能如愿。一个人跟在唱评弹的小伙子身后，小伙子前面唱，她在后面哭，小伙子唱的是天地人，素罗衣哭的是刹那间。直到哭得不能自己，瘫倒水边软成一团泥。

有时又冷。做过访谈，说话便稀少得很。半年说上一句，无非又

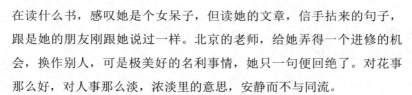

在读什么书,感叹她是个女呆子,但读她的文章,信手拈来的句子,跟是她的朋友刚跟她说过一样。北京的老师,给她弄得一个进修的机会,换作别人,可是极美好的名利事情,她只一句便回绝了。对花事那么好,对人事那么淡,浓淡里的意思,安静而不与同流。

去年十月,新书出版,取名"花见"。她是离不开这个字了。第一本书出版时,出版社只给了几本样书。朋友们得知,纷纷要,只好咬牙自个买了送去,闲了一数,买了三百多本。这一本出版,吓得她不敢大声说话,但朋友们依然纷纷要。我跟她说,要当然可以,把上次的账先结了吧。她说,你脸皮真厚。

于是一本一本往外寄。教美术的,作画又有功夫,在扉页上简笔画一个素罗衣的侧影,每一本写一句话,每句话都不一样,说,每一句都是一朵花。给我寄两本,一句写的是扶风存念。另一句写的是:热爱书吧,像热爱姐姐一样。以为这是写得最经典的一句。

酸枣先生当初推荐素罗衣的时候,评价说只美其美。读素罗衣的文字,委实是读不到丑的,以花为世界,以为是花世界。便是有时气了嗔了,也不过是一刻的花影。而素罗衣,生在丝绸乡里,不懂经济,只把好丝绸做成素水袖,轻轻一滑,便探出执技手。她请人刻了一枚印,唤作花痴。痴人说梦,女子爱花,执枝之手,与花同老。

沙骆记

路上遇见张利文

一

记得是 2005 年配上的电脑，其实那个时候电脑已经普及得像五月的粮食一样，遍地都是。我对带"电"字的东西天生胆怯，并对能维修电器的人佩服得五体投地，见到这样的人总想敬上一支烟。所以当别人都配上电脑而我还没有配上电脑的时候，内心并不沮丧，认为那只是个没有人情味的工具，高级工具，听说人可以陷入工具里成为工具，就更生反感。这个时候离张利文还有十万八千里，并不知道他在千里之外行走于记忆与梦想之上。张利文可能此时已经在这个工具前像玩到维爱匹级别的游戏玩家一样挥洒自如了，当然，这是后来猜测的。

刚开始配上电脑，不敢摸不敢动，生怕把它哪里弄坏，有人照着电脑主机踹了一脚，朝着电脑显示屏抡了一拳，在排列整齐的键盘上弹钢琴一样划拉了几遍，说，可以随便动。用一个星期学会了五笔，没有想到自己竟然可以很熟练地操作电脑，这是第一次在带电的玩意儿面前显示出男人的自信，难道学会电脑就是为了能够遇上张利文？命令我干活的领导对我的进步很是满意，让我写一个关于无纸化办公的简报。我用五笔字型敲出了满满一页黑色的仿宋，像一队队可爱的蝌蚪。领导看了以后捧腹大笑，纠正说是无纸化，不是五指化。我看着刚刚打出许多字的五指，纳闷地问就是五指化嘛。再以后更熟练地在网上聊天时，一支烟夹在左手，右手在健盘上噼里啪拉，心里就得意地道，还是五指化嘛。我在挥霍时间与青春精力的突然之间，有一天汗如雨下，猛然意识到五笔字型还可以做其他的事情，譬如：写些诗歌或者散文。

张利文肯定已经写这些东西了，他和我同一年生人，1974 年。我不知道他是什么时候配上的电脑，但从他的面相看，他根本不会害怕带"电"字的东西。他的面相让懂易经的人看，天庭饱满，地阁方圆，让相女婿的媒人看，浓眉大眼，方头大耳。生于湖湘，唯楚有才，发型一丝不苟，令你联想到那里有个伟人，也是这样典型的头发，气势慑人。我在学习五笔字型的时候，他正坐在北京某一个机关的大楼里，刚刚小便，刷牙，剃须，洗脸，八点钟，准时坐在一间被他称作胃的兽的身体里。那个时候还没读到他在电脑上敲出的这一篇文字，如果看到，当时就会冒出一身冷汗。张利文是个军人，同为军人的朱增泉看到了，说，张利文的感觉是敏锐的。

二

知道怎样上网以后，开始写些诗歌还有叫作散文一样的东西，也确实体会到了无纸化办公的惬意。以前，要是想写一个这样的东西，得一个字一个字地写在纸上，交给打印部的小姑娘们，小姑娘们就知道了我心里的真实想法，再见到我就会暧昧地一笑，像抓住了什么把柄。2006 年的春天来到了，把写好的文字发表在网络上，期待着能够开花。网络就是有这样的好处，可以不用看着编辑的脸色，发表原来这么简单。请注意，我开始和张利文交叉了，我在网络上一个人也不认识，为了壮胆，表现得好像跟谁都认识。跟张利文确实不认识，他有另外一个名字：渔人。

"渔人"这个名字，首先让我想到洞庭湖，而没有想到大海或者长江黄河，这真是奇怪。他是不是生长在洞庭湖我到现在也不清楚，也不敢清楚，有时候清楚了反而不好。把文字发表在一个叫"散文中国"的地方，我不知道张利文在这里，要是知道，或许我就不去了，因为我的妒忌心很强，不能容忍别人在某方面比我强，所以这也是我至今哪个方面都不强的原因。我不知道，张利文其实已经写出了很多作品，我在收到他的散文集《坚硬的影子》后，从后朝前读，最后一辑叫作《他们的村庄》，这些是没有遇上他之前就已经写好的，是他来北京之前的记忆，成为军人之前的记忆，成为父亲之前的记忆。这样阅读是对的，从后面看到了他的前面。药与罪的悲愤，外乡人的幽默，三个进城女子的爱情，我的同学宋秋水，苎麻疯长的时节，花儿朵朵向太阳。我以为看的不是张利文的散文，看的是张利文的小说，这里丝毫不见当代散文里的扭捏，就像张利文，不，就像渔人坐在炖着的一锅汤前，脸让酒涨得通红，眼睛躲闪着白沙烟的烟雾，认真地对你说着他身上发生的千丝万缕，与他有关无关的人生与理想。

我在读着最后一篇文字的时候，深深感受到文字是通往世界各地的道路，它以最生动的方式与各个关口处的守护者讨价还价。这一篇纸上的祖先，张利文顺着柳金娥的描述，一代一代地展示着模糊而又清晰的纪念，张利文的叙述充满了故事性，自然而然地从这个细节移到那个细节，天衣无缝得像电影的后期剪辑，我对他的叙述充满了期待并在满足后赋予自己无尽的联想。同时想到他的女儿，一个叫作湘子的正在蹦蹦跳跳的小女孩，当她能享受她父亲文字的时候，她会不会盯着这些文字出神，她会不会认真地说，这是个延续香火与开疆拓

土的优秀男人。读完这一辑时重又回头阅读他的后记："可以确信的
是，好的文字都可以看到岁月在每个写作者生命里穿越时留下的痕迹。
他们都忠实于那些痕迹，描摹和刻写，总有一处，或者几处，我们能
感知到作为个体的生命，那些让人心荡神驰的战栗。"我的眼睛，让
张利文的叙述，擦亮了记忆与梦想。

三

发表完那些所谓的文章后，就羞涩地躲起来了，害怕别人指指点
点又希望别人指指点点。我对网络不那么信任，因为我首先没有倾注
信任。我想，如果再见到那些文字的下面，只是学习问候之类的客气
话，就必须躲开网络了，宁愿与不见面的人斗斗地主，下会儿象棋，
就像不与身边喜欢写文字的人在一块喝酒一样，躲开那些强加在身上
的虚伪的互相尊敬，表扬里轻飘飘的可有可无。我已经做好了心理
准备。可没有做好遇见张利文的心理准备。小心翼翼地打开网页，遇
见了张利文。用户名：张利文。积分：820。等级：雅士。他编的第
二十四期网刊，选入我发在这个论坛的所有文字，并激动地作了点评。
这是在网络这个虚构的时空里，第一次有人品评我的文字，为了加深
印象，把他的话原样录下一部分，这几句令我受益匪浅："人生一世，
本就是游戏。游戏却有游戏的规则，俗语说，要按套路出牌。不按套
路出牌，结局大多不妙。因为你是异数，却也有反其道行之，却能石
破天惊的。纵观古今，目极中外，大凡有些痕迹的生命都是背离了游
戏规则的。文字也是如此。写文字的人，文字就是他的生命，他的生
命因为文字才有价值。周晓枫说，考量作家，应加强对其独创性的重
视。独创性，我认为，就是不按套路出牌，就是忘记游戏规则。就像
周晓枫，和所有具有独创性的散文作家，他让我看到，当我们真正忘

沐荷记

记游戏规则的时候，文字会有着怎样的魔力。"

记录下张利文的这些话，一个是觉得珍贵，另一个主要的原因，我认为，他写下这些话的时候，他已经完全具备了他所说的那些素质，而我当时还沾沾自喜地认为是夸我的，读完的时候我的脸自作多情地红成一枚秋天里鲜艳的苹果。但有一点他说得非常到位，那就是游戏规则，我想，这是他背离游戏规则的切肤体会。他说的周晓枫，我当时根本不知道是谁，是男还是女，写什么的，也从此，周晓枫这个名字印在了我的脑海。譬如下面要谈张利文的文字，真的离不开他说的这些话。张利文，是一个背离了游戏规则的独创者，他把他自身所具备的能力，像为我疗伤一样通过掌心传导到我的后背，几年以后，也就是现在，我集中地看着他的文字，突然意识到，他几年前对我说的话，却应验在他的身上，现在把这样的话一句不漏地还给他，实在是因为，他说得太好了，我的表达能力超不过他的表达能力。其实因为各样的因素，在遇到张利文以后，有很长时间没有跟他见过了，他消失得很干脆，咔嚓一声就没了。

在收到他这本《坚硬的影子》之前，跟一个原来也在同一个论坛的老朋友聊天时，不约而同地思念到了张利文。我们说，我们比如到了北京，偷偷地在黄寺附近找个小酒馆坐下，在一个窗户边看从黄寺大街到马甸的路上，张利文站在黄寺前面的广场上一个垃圾筒前非要把烟屁股扔在里面而不扔在脚下，他跟在喇嘛们的屁股后面但喇嘛们像他扔烟屁股一样把他扔在黄寺的门外，他站在暗处一直想看清一个好看女子的脸但终是未能如愿，他拿着两枚小贩们的草莓但小贩们看见城管一哄而散他吃掉草莓还埋怨不甜，他从报摊的女老板手里十块钱买了一本《小说月报》、一本《十月》，他呆呆地望着一个令他崇拜的夜间躺在树上的对睡眠有着独特理解的男人，最后张利文来到我们身边，他粗壮的身材一个人占着两个人的位置，不理我们，只是对着空调的显示屏，默默地念：25 度，24 度，23 度，22 度，一直念到 18 度才罢休。

那个朋友大笑，说，你还记得他那个文字啊。我说，不是谁都能对温度这么敏感。他在北京的家，住着他的父母，媳妇，湘子，住着他看得见和看不见的伤与平静，逼仄得令人生厌，却又那么温暖得令人向往。他真实地记录下了他跟媳妇女儿，父亲母亲之间发生着的种种，这是他篇章中的重要部分，也就是说，是他生命中的重要部分，离开这些他就没有了根椐地，他粗壮的身体就得像风筝一样悬起来。他像一个喝醉酒的壮汉一样无所顾忌地袒胸露乳，在生活的风风雨雨里真诚地诉说悲与喜的交加。面对父亲，张利文说，你是我的敌人。父亲从湖湘的稻田里来到北京，北京没有他的土地，他身上的力气无处发泄，他要在城市里寻找敌人。张利文在文字背后像拔火罐拔出了父亲体内的爱恨，像刮痧一样刮出了父亲体内的悲凉。张利文在生活中是一个好儿子，一个好丈夫，一个好父亲，一个好军人，他没有背离生活的游戏规则，如果我们真是到北京黄寺附近的一个小酒馆坐下，他肯定是一个好朋友，他的好，是文字另一种光辉的闪现，虽然他在文字中会处处展现他的不好。如果朋友们能在书店见到一本叫作《坚硬的影子》这本集子，那就是你也遇上张利文了，如果你买下来读了，你就遇上他一家子了。我只去过一次北京，并且印象不太好，城太大，楼太高，车太多，路太绕，我老迷。真是想有一天，能和他们一家人坐在一起，对他母亲说，心脏好些了吧，对他媳妇说，学生们淘气吧，对湘子说，车车买上了没有，对他父亲说，给你一块地，你愿种啥种啥，收下来的粮食，要全交给公家。

沐铭记

四

再谈到游戏规则。某一天，一个朋友惊喜地说，我发现了一篇好文，他叫张利文（这个不写散文却看散文的朋友，语无伦次地组合出一个张利文式的句子：我发现了一篇好文，他叫张利文），我读到了他的一篇东西，我推荐给你读，名字叫：菊花绿了我就走。我说，你说说，好在哪里啊。其实，我也刚刚读过，因为我对他是暗暗留意的，对他的这一篇也很欣赏，以至于很长时间忘不掉。那个朋友说，我又不写东西，说不出专业性的话。我说，那你说点不专业的话。他说，他怎么能那样写啊？

他怎么能那样写啊？——多经典的一句评语。

我说，我知道他，你可以在网上找一下，他有很多作品，可以令你发出不一样的感叹。朋友问：他有书吗？我说这个还真不知道，给你问问吧。后来有一次与张利文通话，问他出书没有，他说正想出，只是没有合适的地方。张利文在电话里没有军人的气势，声音细细的，温柔得像二八少女，很难与他庄严肃穆的脸型对上号，但可以与他的文字对上号。我跟这个不写散文的朋友谈起张利文的点滴，所有知道的全对他说完，试图让他加深对张利文的印象。我的意图被他识破了，他说，只看了他这一篇，就好像见过一样。我很为张利文感到高兴，因为不写散文的人说他写得好看。中国有十几亿人，写散文的可能有几个亿，另外不写散文的十个亿里，有人举手说张利文写得好看，这真是幸福。

我比较喜欢的一篇，叫《伤城》。很早就读过了，不记得当时说了什么，现在对着黑纸白字，面对周娅说的那句应该学会怎样爱时，眼里忽地溢出湿来。张利文当时溢出湿来没有不知道，他心里湿了我知道，因为他用心思考了爱的大小轻重以及前因后果。爱真是个不好拿捏的软体动物，说它不好拿捏，是因为好多时候延伸出与爱无关的东西，像章鱼的触角，能把人缠死，但如果仅仅是爱，本身就是软体动物，拿捏就不叫拿捏，拿捏就叫爱。张利文就像个软体动物，他的触角伸向可能的方向。张利文是新散文写作者的代表人物，新散文的新，对于每个尝试者来说，是对自我旧的割裂，有的在割裂中走火入魔，有的在割裂中浴火重生，张利文是后者。张利文是原生态散文写作者的代表人物，原生态的原，对于每个尝试者来说，是观照内心，有的在观照中趋于自恋，有的在观照中发现辽远，张利文是后者。张利文是在场主义写作的代表人物，在场主义的在，对于每个尝试者来说，是当下的场，有的在主义中获得党票，有的在主义中强化信仰，张利文是后者。张利文生逢散文乱世，乱世出英雄。这一篇《伤城》，让我生发出牛头不对马嘴的话来，实在是因为看到了张利文的骨头。任何一种关于文字的提倡都不具有普遍性，但具有启蒙性，张利文的特质，就是能敏感地捕捉到没有联系中的联系，使我在重新读过《伤城》之后，遥想到再过 19 个世纪的未来，他在另一个周娅面前，周娅面对他的骨头，说，要学会怎样写。

再次重申一下：他怎么能那样写啊？

依然回到游戏。游戏人生，一直为人们所诟病，认为是轻浮的人生理念。曾经用了很长时间来咀嚼这四个字，很认真地品味其中的味道，并把这四个字和难得糊涂放在一起来玩味，发现字虽同而界分明。反游戏规则的，同样是游戏之一种，张利文的文字游戏，最引人入胜的地方，是你不知道他下一句将会说什么，他在游戏里用文字画油画，你离得近了，是一片油彩，你离得远了，是一片彩油，你离得不远不近的时候，张利文出现了。他有一个文字，名字就叫游戏，可以拿来讲讲。不是讲，只复述一下他的几句话："任何游戏，都是假象的集合，所有的游戏规则，都耻于晾晒在白晃晃的阳光底下；出色的游戏玩家之所以出色，往往都是凭着天才的即兴发挥，平庸者总是很难窥其奥妙；庸者对于天才的绝望，实质就是按部就班循规蹈矩对于横空出世电光火石的绝望。"如果一个写作者，能细细体味出这些话的隐喻，同样的一个字，一句话，就能卖出不同的稿费。当然，张利文的写作不是为了卖稿费，他是一块试验田。我一直认为他像他父亲对待土地一样对待着写作，就像他父亲为了能有劳作的快感而可以把收获全部奉献给公家。张利文把写作全部奉献给了真实存在着的生活，这是让我佩服的地方，生活是什么样子，他就写成什么样子，他写成的生活的样子，就是阅读者生活的影子，他在用心的灵动来对应魂的灵动。当你认为是在读自己的时候想回忆自己，自己却又飘忽着远去，你只好回头再读，远去的又暗暗回来。张爱玲说，不要动别人的生活。张利文没有动别人的游戏规则，他只是在建构自己的游戏规则，当别人发现他的规则，感叹还有另一种玩法的时候，他已然一只脚踏在新的路上了。所以能在路上遇见一回张利文，你就可能遇见一回真实的自己。

读后你可以有这样的大致印象：张利文的文字通篇是散乱而没有章法的，像张旭的草书，片断，印象，组合，交响乐章，张利文的林子大了，里面什么鸟都有——百鸟朝凤。一个人的百鸟朝凤。

五

真是好长时间没有见过张利文了，也好长时间没有见过其他一些人了，虽然那些人用的都是不真实的名字，但依然让我怀念，有时候想起来他们，想起过往的种种，比如亲热，比如疏远，比如客气，比如斗嘴。有一天，意识到朋友可以越来越少了，就主动离开了熟悉的

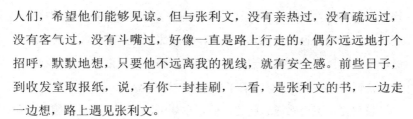

人们，希望他们能够见谅。但与张利文，没有亲热过，没有疏远过，没有客气过，没有斗嘴过，好像一直是路上行走的，偶尔远远地打个招呼，默默地想，只要他不远离我的视线，就有安全感。前些日子，到收发室取报纸，说，有你一封挂刷，一看，是张利文的书，一边走一边想，路上遇见张利文。

用了三天时间，把读过的没有读过的，全部读完，张利文就更鲜明地站在我面前。读完就意识到，他才是一个背离游戏规则的写作者，他找到了通向内心的秘密通道。散文，只不过是渔人手里的竿一支钓竿。这个渔人在洞庭湖边上，背对着洞庭湖水，或者是别的水，把钓竿甩向岸，当别人钓到鱼的时候，他钓到的是岸，岸是回头的岸。读完以后，一下子就想到了2006年他对我说过的话，那么强烈地令我要找到那些话。记得当时打印了一份作纪念，但不知放到哪里了，用了半个下午在书柜里找，找张利文。张利文在两页复印纸上，平静地夹在一堆乱册中间，露出来一个角，上面写着：写作赚钱。咯咯一笑，说，终于找到了。写作赚钱是网站的广告。以前，写作写得好了可以入仕，就是不能当官，征婚广告上注明爱好文学，还能蒙出个女朋友，现在不好使了，就换点钱花。这是题外话，张利文就是不写作，官也照当，婚也照结，钱也照花，这就是他的文字没有一丝酸味的底气。

不会写评论，一二三头头是道，像朱增泉将军那样把张利文分析得鞭辟入里，我不及朱先生的万一。我甚至在现实中根本没有见过张利文，我说我在路上遇见张利文，实在有些攀枝花的思想。读张利文的文字，是一直微笑着的，微笑着进入他的世界，他消失之后写出来的文字，令我吃惊，令我低下头沉思他的诉说。读完他作品以后的当天下午，就是昨天下午，有朋友约聚，晚上聚过后十点，我们坐在彰德南路三角湖旁的一个小花园里，我说，听我说说张利文吧。朋友不知道张利文，这无可厚非，我可以给他讲。从前文开始讲，一直讲到

沙鸽记

现在，时间用了整整一个半小时，其间抽了三支烟，喝掉一瓶苏打水。朋友说，把刚才说的话记录下来吧。回到家，正好是子时，我喜欢子时，黑夜与黑夜的交接，泡上茶，打开电脑，点上烟，记录下刚才说的话。觉得很完整的时候，看了看窗外，有淡蓝。

张利文是不会知道这些的，他正在梦中，回到记忆与梦想，嘴角流着幸福的涎。想起李渔《闲情偶寄》里的一句话：本性酷爱之物，可以当药。记忆与梦想的涎，可以当药。

衔杯饮

——衔杯历史散文别裁

千红一窟

　　我读衔杯的文字，喜欢在深夜，夜愈深愈好。他的文字，在白天与轻浮的氛围不对，因为夜里的静，与梦和高贵是最接近的，他的文字如梦一样让我享却一天里高贵的晚年，闭目是前朝后事的落泪风流：道是诸天几万重，书声琅琅清音，看英雄翘首，文人末路，稽康论是广陵散，粉墨云河离恨天。我想衔杯其人，醒若孤松之独立，醉若玉山之将崩，而品其笔下古今中西之融，感觉文字的袭人与媚人，在黑沉沉的现代夜空里，听到筝曲的如倾如泻，见到思哲的千年一仰，洞悉世幻的无常遭际，隐约前路的恸心一颤，我，跌倒在这暂时有可能寂寞，甚至一不小心有被当时历史贬于偏远而埋没的境界。但，只要有幸被人类注意并流传下去，这样托遗响于悲风的文字是最具有生命力和岁月穿透力的。我注意到了，我就要认真地读他，这个喜欢用黄帝纪年，用繁体记载，用西学丰富，用啼血书文的，在中国东南特区生活的复杂至于简约的文身男子。我卧在夜的床上，这些文字就是我品饮的极品，有兴味的，可与我同享。你可能还是不知这是何物，听我道来：此物出在放春山遣香洞，又以仙花灵叶上所带之宿露而烹，名曰千红一窟。

道是诸天几万重

先拣出几句作者自述的话："我做这一篇万言大文，杂志载不得，报纸刊不得，其比之目今大小报刊之遍地随感评论如何？我搜索枯肠，浓墨重彩打造瑰丽宏远之词境，其与目今之言辞犀利，讽刺辛辣之事务文章相较又如何？我耗尽精力构筑和搭建了十年的'万重诸天'比之友朋同事呕心沥血积聚半生的'万贯家财'又如何？"我读到这几句时，文字已经要结束了，心猛地一沉，这几句在衔杯《诸天几万重——读红楼梦》一文里，处于第五节，从结尾一溯回首，突然在脑海里浮出《答客难》里东方朔的内心尴尬。如作者自言，此篇实为讲述关于美学、人生的诸多主张，至臻完善的"衔杯华天诸境"，与雪芹的心性有私通，而读此文的，又会有几个具脂砚斋的功力。在作者附会的华天诸境里，洞明之剑，抹香之酥，冰轮之辙，水钻之雨，众神之杯，龙池之墨，尚智之鉴，万弦之和，万天之叹，等等，省略而不及记的梦境华天，涵撰批著书，乐舞诗风，剧戏宗教，无一不是使人陷入而不得拔的沼泽。这沼泽上面水草的丰美，可是诱惑我们这些羊儿的妖媚。我读衔杯此文，能窥见美玉无瑕而不得琢的《离骚》，这是所有读《红楼梦》在脑后的留垢。每个人的影子都是天际一颗星子，每个人仰望星空的时候，星座已然落在冥冥之中的人生皮囊，当理想最为灿烂的刹那，真假动静，早就偈示。唯明己心而见众性，此为华天诸境之基，读红楼能做此文章，作者是个庄生。"我在光秃秃的田埂上边走边读，脖子痛了，就抬眼望望灰褐色的远山，还有青尘深处微微泛红的金达莱花丛；累了，就捡块石头坐下，尘土在身边没有规则地飘着。镇子离我越来越远，光秃秃的大地就只我一人，四处都是春天的气味，那种向上升腾的自豪气息和怅然若失的空旷之感这么多年叫我念念不忘。"暗读这几句，我就想，这是诸境里最可回味与安居的了，至于几万重的美好，哪里有这个来的惬意与自得。衔杯博学，思维敏感，清高脱俗，目光超拔，这，恰恰是他这一重天里的痛处。

书声琅琅清音

读衔杯的文字，总是被他周旋于中外古今的思想融合所自由牵引，进而沉醉于他手指方向的颜色。一部中国思想史，一部历史研究，一部全球通史，外加万言琅琅书音，两个外国人，两个中国人，衔杯在岳麓书院黑白相间的对比中展开丰厚的联系，蜂一样采集花粉并酿造着蜜——蜜多了是苦的。当我把为文的繁体思维简化以后，我发现，书声琅琅的清音苍脆，是关于谁的声音的问题。院子外的征伐是为了谁能在院子里大声说话，而这个院子，诚如作者所言，也许只是桃花扇上的一点朱砂。然而，征伐毕竟是有着血与泪交加的残酷，书声琅琅的清音背后，暗隐着气质与气质的较量。老实说，在读此文以前，我单纯的思维囿于一地，不扩张的想象使我处于认知的封闭之中，蓦然进入，则突有惊悚的感觉。司马光、邵雍、二程、朱熹、二陆、王阳明、柏拉图、亚里士多德、斯塔夫里阿诺斯、成吉思汗，以及他们为之青睐的罗马、麦加、耶路撒冷、汴梁、杭州、大都、洛阳、拜占庭等一大串名字组合在一个音节的时候，你将惊喜地发现，世界是一个院子。洋洋洒洒的，是文中历史人文的积重，内外碰触之后的结合与抗拒，新鲜与陈旧的交融，禁锢与开放的对垒，作者在这之中保持了一个学人应有的对文化秩序的警惕与怀疑的态度。无可否认，中国漫长而悠久的文化传统在历代中国文人和历史思潮的推动下，拥有了博大的智慧，促进了民族的建树。然而，在作者笔下，上下中西密密麻麻的意象所聚合的影像，却凸显了对峙同生的轨道，这轨道无疑是正道。当白茫茫一片大地真干净的时候，我们不得不思考，朗朗的清音飘向何处。不知这又是几多人的苦处。

看英雄翘首

十分欣赏电影《特洛伊》那个英雄的独白：历史上永恒永远伴随着人类，于是我们问我们自己，我们的行为会不会在历史上产生回音，在我们死去之后，我们的名字会被永远纳入史册，他们会想象我们是多么勇敢，我们曾经多么英勇地战斗，多么疯狂地爱过。我反复来沐浴这英雄翘首的诗样的光芒，作者把它置于篇首，不如把它置于篇尾，因为置于篇首，下面的文字确乎显得孱弱，无论是赫克托尔、阿喀琉斯、项羽、秦始皇、拿破仑或者彼得大帝，这些名字，我们都在我们心灵上合二为一过。我读了衔杯的英雄翘首后，想起自己在青少年时代给项羽写的一个小文字，开头是这样的：当十面埋伏的锣鼓敲得震天响时，英雄，把个柔肠演绎得令人寸断，把个惨烈点染得何其悲壮，不乏傲骨英风的易安居士诗曰：至今思项羽，不肯过江东。而看衔杯的英雄观，明显以俯仰自如的理性与情感超拔于英雄俗常：荣誉与高贵碰撞，价值与价值交锋，崇高与伟大对立……两个生命，分别以生存和死亡的矛盾形式在同一时刻使雄性绽放出夺目的花朵，于是"英"和"雄"就这样并肩走到了一起。对于这样畅快的文字，我深深痛于自己心性的不灵。英雄是我们儿时就坚挺在心中的丰碑，却在长大后有了各自不同的解读和价值观念，也许恰恰是这价值观念的不同，让人类的雄性寻到一个可以发泄的终端。衔杯心中的英雄，不是正史典籍中的真实人物，而是野史舞台上的理想偶像，这是他独出于世的重要标志之一，这是他浪漫的主义落脚点，因此不是一个没有血肉的标识。英雄翘首这一章，已经具备了铺张的底气，他没有利用好他的广度而阻滞了他的深度，他的浪漫最终以他的浪漫作结，我们看一下他的英雄悼：

皇天后土，谷风习习。

江山慷慨，东海滔滔。

四时恒易，寒暑相望。

昼夜永复，日月离殇。

男女执手，爱恨同宿。

生死相继，戚阔难一。

列宿参差，何迹可循？

众生苟苟，何者序列？

惜我雁人，悲风瑟瑟。

且歌且舞，谤颂相宜。

其实，有一前一后两个诗读下来就足矣。只是该篇尾的篇首，该篇首的篇尾，大凡英雄，好多时候都是让世道弄颠倒的人物。这是英雄的悲处。

文人末路

我想到一句话：面对苦难和绝望的超越。我没有去过合肥李家的院子，这不是我的狭偏，是我没有走到，但不妨碍我的参考，正如历史一再告诉我们：我是仅供你们参考的，不要去掉你们思索与辨析的能力。在我的印象里，不愿把李鸿章作为文人来看，但其有科举文人的共性，这又是必须面对的，我不知那个伤感的奥托·冯·俾斯麦，是不是被德国人称为德国文人，当然，这没有可比性，只是个戏言。我看李鸿章，是不可以用文人的标准来尺量他的，他是相国，他的文人的一面早已服从于政治或者说被阉割掉了。我的眼里，中国文人，大多如宦，生来就是宦养，唯一个司马有骨。这也就是作者最后所叹的：文人，是我们内心最强大的支柱，文人的理想是修身、齐家、治国、平天下，然而，这根挺立了三千年的柱子，在李鸿章身上，倒了。我想，倒了就倒了，文人本就不是站在前台的指挥，而指挥者有些人文就够了，文人都要站在指挥的位置上，就是末路到了。这是文人面对苦难和绝望的不可超越性。

嵇康论是广陵散

从这一篇里，我欣喜地看到一个嵇康在对另一个嵇康表达着最纯粹的清议。齐万物兮超自得，委性命兮任去留。激清响以赴会，何弦歌之绸缪！——朗朗琴赋，壮我胆骨，天高辽阔，引我回身，这琴自嵇康始，至嵇康终。中国自魏晋始，而有正始文学，我一直是信服的，这个打铁的形象可以出现在任何生花的妙笔下铸出精钢样的文魄。衔杯在嵇康论这一雄文悼词里，藏青色的竹管里悠扬的气息扑面而来，我也一直在阅读中享受着他所还原的那个琴赋之夜。我不想说嵇康如何，我只是在作者引领给我的广陵散的希声音质中，感悟嵇康如何，从竹林中穿透千年风雨而与身旁对接，时而让我觉察到窗外事物与文字的惺惺相惜。作者是思想的拥戴者，他的解读渗透到了哲的高度：如走上祭坛的耶稣基督，如那些割断红尘的僧侣；信仰是生命体以自

身为代价对宇宙法则的一场飞蛾扑火似的追逐；嵇康自戕于他自己为
个体生命价值精心设计的答案上。这些来于知己的话语让我体味到一
个生命个体的信仰的不归路是何其悲壮与潇洒从容。让我们再拿出他
的《与山巨源绝交书》，再领略一下那必不堪者七，甚不可者二，你
会像一个孩子一样笑起来吧。卧喜晚起的嵇康，又何惧不用起的刑场
呢？我再引用一下作者在中篇的开始文字：无数次下定决心，用我最
饱满、最热情的笔触去触摸历史长河中这颗炽热的星辰——那副堪当
天下所有男性个体生命楷模的灿烂形象；那具散发着学者的深邃却无
读书人的羸弱，诠释力量与性感的身躯；那洋溢着艺术的自由奔放，
俊逸洒脱狂放不羁却不带丝毫惆怅的魅力生命。我想，每一个文人都
有自己的行为艺术，嵇康打铁的形象一直是作为人文符号，继而成为
中国文人尊严的一块生铁。当一曲广陵散在刑场上空引来五彩凤凰的
点头，三千麻衣的碎片和着灰色的雪慢慢飘落，我知道，从来不缺乏
嵇康，也从来不缺乏刑场；从来不缺乏琴赋，也从来不缺乏广陵散；
只要有文字存在，有声音存在，广陵散就不绝，一如《嵇康论》。

万艳同杯

　　应该说，是衔杯的才华激起了我的阅读，有先入为主的感觉，而
这阅读却是晦涩的，是因为作为读者的智慧与学识，这是一。二是观
点的不同，如文人末路一章，他的才华，我读了之后，才知我的肤浅
在他文字面前暴露无遗，这让我没有成就感而有幸福感——这些文字
是可以传世的。我不是评论的，我是个读者，我深知，读不懂是个好
事，慢慢读懂了，更是个好事；他现在的文字是寂寞的，这是个好事，
如果一直寂寞下去，对后世是个好事。所以我读了，读的风马牛不相
及。他文字里的形象，承载了或远或近的传统典范，衔山筑水建来精，

多少工夫始筑成，成就衔杯动作的那个优伶，一腔里可是盛了楚骚汉赋唐诗宋词杂剧昆曲与秦腔，活泼的可是文学哲思宗教舞蹈杂技琴棋和书画，这些缔造了人类生存与发展、顺受与抗拒、低吟与高歌的大红万艳，让他敏感的神经如淘洗一样浣却与寻觅存在的终极意义。这不是总结，这些性别与性情不同的雄雌红颜注定将一路悲歌下去，这让我一直认为人类无喜剧的断语得到了稍许的佐证。写到这时，零零散散，不知所云，时间是五月二十七日夜二十三时五十六分，又是新旧交替的时刻，想，下面的眠里，是否遥想岭南人物论，几回中夜梦衔杯呢。也是万艳同杯罢。

流觞（后记）

　　花开如卷帘，迎有意思人入帐。花谢如惜别，盼下一春缓缓道来。花样年华甚短，去不得仍将要去。锦上青春漫长，说不得还是要说。温壶侧畔过还是不过，杯里日月长还是不长。茶是生了魂魄的人，人是丢了魂魄的茶。都不完美，都无遗憾。治大国如烹小鲜，识小趣当然喝茶。

　　生是浮生，唯爱可以沉。爱是虚爱，至情最是伤。阅尽千百样爱情，归到底无一种可以管用。正因无一种可以管用，所以体会千百样温暖。不管用最好用，不了情最无情。过淇水而停洲，因不快而隐蔽，睹风水而笔畅，梦千载而在眼前。如今万般风华，乱花迷离，此处仅一秋波，如初见而无甚可赠地恍惚。

　　大好江山，只踏一步可为故园。锦绣中华，得看一眼便是长安。阡陌虽小，于心漫卷家国。虽居不易，漂泊但见情怀。莫道匆匆去也，他年过客是主人。甲骨卜辞，商行天下，换得生意精神，从此的征战杀伐，封侯拜相，皆有了好理由。

　　作文写字，归入寂寞人一类。寂寞人里，说文解字，归入文化人里。文化人里，耐不得寂寞者，是有文化的人。耐得住寂寞者，是文化的人。有文化的人处处能看得出有，文化的人处处看上却无。

流觞记

　　大先生赠好序，大书人赠好字。正可宜寻湖心亭，旁侧后生我，故意酒炉慢沸，听大先生说学问，看大书人泼香墨。外人看去，两三粒而已。

　　掩卷《流觞记》，只见处处有，不见时时无。曲水如史，流觞似盏，叹，好男儿少写有字文章，有工夫还是做点实事。

扶　风

2017年秋于洹上